www.ingramcontent.com/pod-product-compliance
Lightning Source LLC
LaVergne TN
LVHW010815051026
849532LV00007B/2544
* 9 7 8 9 3 5 8 7 2 9 0 4 7 *

دل کی وادی میں

(افسانوں کا مجموعہ)

محمد انیس فاروقی

Dil Ki Vaadi Mein *(Urdu Short Stories)*
by: Mohd Anees Faroqui
Edition: December '2024
Publisher :
Taemeer Publications LLC (Michigan, USA / Hyderabad, India)

ISBN 978-93-5872-904-7

کتاب	:	**دل کی وادی میں** (افسانے)
مصنف	:	**محمد انیس فاروقی**
صنف	:	فکشن
ناشر	:	تعمیر پبلی کیشنز (حیدرآباد، انڈیا)
سالِ اشاعت	:	۲۰۲۴ء
صفحات	:	۱۲۴
کمپوزنگ	:	محمد وقار الدین، الامین گرافکس، حیدرآباد
سرورق	:	تعمیر ویب ڈیزائن
ملنے کے پتے	:	محمد انیس فاروقی (معراج کالونی، حیدرآباد)، فون:09848395356 ھدیٰ بک ڈپو، پرانی حویلی، حیدرآباد نیشنل بک ڈپو، احمدی بازار، نظام آباد (تلنگانہ)

انتساب!

معلم انسانیت حضرت محمد مصطفیٰ صلی اللہ علیہ وسلم

کے نام!

جو دنیا میں **رحمت اللعالمین** بن کر آئے

اور

سارے عالم کے انسانوں کو

محبت و انسانیت کا درس دیا۔!

محمد انیس فاروقی

دل کی وادی کو چلے آؤ کہ سو رنگ بھریں
چاندنی بانٹ لیں مہتاب سے باتیں کریں

مشاہیر ادب کی آراء

☆ انیس فاروقی کے افسانوں کی ایک نمایاں خوبی 'روایت کا پاس ولحاظ' معاشرتی اور تہذیبی اقدار کا احترام اور ایک پاکیزہ گھریلو فضاء کی تخلیق ہے جو دلکش بھی ہے اور دل آویز بھی۔۔ انہیں زبان و بیان پر غیر معمولی قدرت حاصل ہے۔ الفاظ کے مزاج کو ملحوظ رکھنا' ان کا درست سیاق وسباق میں استعمال' یہ ہنر ان کو خوب آتا ہے۔ رواں دواں شیریں و سرشاری لیا ہوا پیرایہ بیان کہ قاری ان کے افسانوں میں کھوسا جاتا ہے۔

پروفیسر سلیمان اطہر جاوید (پیش لفظ ''کرچی کرچی خواب)

☆ عظیم بیگ چغتائی کی تحریروں کی طرح انیس فاروقی کے افسانوں میں بھی دلچسپ اوار ہلکا پھلکا رومان ملتا ہے۔ جو بنیادی طور پر گھریلو ہے۔ مگر چغتائی اور انیس فاروقی کی تحریروں کی مماثلت یہاں ختم ہوجاتی ہے۔ چغتائی کے یہاں مزاح کی زبردست چاشنی ہے۔ فاروقی کے پاس ڈوبی تمناؤں کے خاکے' جو ناکامیوں اور زیادتیوں سے متعلق ان کی گہری حساسیت کو ظاہر کرتا ہے اور یہی احساس ہی تو اہل قلم کا اثاثہ ہے۔

رفیعہ منظور الامین (تبصرہ ''کرچی کرچی خواب'' روزنامہ سیاست)

☆ ادیب کا منصب یہ بھی ہے کہ وہ اپنے ماحول میں موجود مسائل کی وجوہات تلاش کرے۔ لیکن یہ راہ بہت پرخار ہے۔ ذراسی لغزش ادب کو ادب سے واعظ کا وعظ بنا سکتی ہے کہ اس کے بعد وہ ادب باقی نہیں رہتا۔ چنانچہ اس کی تاثیر بھی کم ہوجاتی ہے۔ بڑی خوشی کی بات

ہے کہ انیس فاروقی ادب کے اس منصب کی تکمیل میں پوری طرح کامیاب ہیں۔ان کے افسانوں میں ضمیر کی کسک بھی موجود ہے اور بے ضمیری بھی۔ان کے افسانوں میں زندگی کا ہر رنگ انتہائی موثر انداز میں پیش کیا گیا ہے۔

سید محمد عبدالقدیر عزم (تبصرہ ''سائبان روزنامہ سیاست)

☆ ادب ایک پیچیدہ تخلیقی عمل کا نتیجہ ہوتا ہے۔ایسے عمل کے نتیجے میں ایسی تخلیق وجود میں آتی ہے جس میں ہمہ گیری دل ودماغ کو چھونے اوران کی تاثیر پیدا کرنے کی طاقت ہوتی ہے تو وہ ادب شہ پارہ بن کر زمانے تک پڑھا' سمجھا اور سراہا جاتا ہے۔انیس فاروقی کے افسانوں کا مجموعہ ''ریزہ ریزہ چاندنی'' ایک ایسی ہی ہلکی پھلکی دلچسپ کہانیوں کا مجموعہ ہے۔یہ سب مقصدی ادب کی نمائندہ کہانیاں ہیں۔

امتہ الوحید شاکر۔حیدرآباد (تبصرہ ''ریزہ ریزہ چاندنی'' روزنامہ سیاست)

☆ ''ریزہ ریزہ چاندنی'' میں شامل کہانیاں مسائل پر مبنی ہیں۔جہیز کا مسئلہ ہو یا اس مادہ پرست اعلیٰ انسانی اقدار وسماجی وقار سے محروم دنیا میں حقوق العباد پر مبنی مسائل۔آج ایسی کہانیوں کی سماج اور فرد دونوں کو خاصی ضرورت ہے۔اس لحاظ سے انیس فاروقی مبارکباد کے مستحق ہیں۔

تبصرہ ''ریزہ ریزہ چاندنی'' (راشٹریہ سہارا۔دہلی)

☆ انیس فاروقی ٹکنیک کے تجربے نہیں کرتے۔لیکن ان کے افسانوں کا پہلا جملہ بڑا دلچسپ ہوتا ہے۔وہ مکالموں کے ذریعے ایک پر تجسس ماحول تخلیق کرتے

ہیں۔ پھر کرداروں کے بارے میں تفصیل اور مکالموں کا سیاق وسباق بتاتے ہیں۔قاری کہانی کے پیچ وخم میں الجھتا جاتا ہے۔اسے لگتا ہے کہ یہ جگ بیتی نہیں آپ بیتی ہے۔انیس فاروقی کے افسانوں کی فضا گھریلو خاندانی ہوتی ہے۔جس میں شگفتگی اور شائستگی ہوتی ہے۔رشتوں کا احترام اور کردار ایک دوسرے کے لئے ایثار اور قربانی سے کام لیتے ہیں۔انہیں اپنے شہر اور مٹی سے محبت ہے۔

پروفیسر بیگ احساس (پیش گفتار ''گماں سے آگے'')

☆ انیس فاروقی ایک کہنہ مشق افسانہ نگار ہیں۔چالیس سال کا ادبی سفر کچھ کم طویل نہیں ہے۔ان کی تحریر میں اب پختگی آگئی ہے۔وہ دل کو چھو لینے والے افسانے تخلیق کرنے لگے ہیں۔بعض افسانے تو اپنے کلائمکس میں پلکیں بھی بھگو دیتے ہیں۔یہ ان کی تحریر کے موثر ہونے کا ثبوت ہے۔وہ اپنے افسانوں کے ذریعے صالح اخلاقی اقدار کو فروغ دینے کی کوشش کرتے ہیں۔اور یہی ادب کا بنیادی مقصد ہے۔ادب کے اس دور انحطاط میں یہی کارنامہ کیا کم ہے کہ انیس فاروقی اپنے افسانوں کے ذریعہ مرجھاتے ہوئے گلستان کو سرسبز وشاداب کرنے کی جدوجہد میں مصروف ہیں۔بگڑتے جارہے معاشرے کے سدھار کی کوشش اپنی تحریروں کے ذریعہ سے' اس سعی بے لوث کو بھی اگر جہاد کہا جائے تو غلط نہیں ہوگا۔!

تبصرہ ''گماں سے آگے'' (روزنامہ سیاست)

☆محمد انیس فاروقی تخلیقی نثر کے ایسے ادیب ہیں جنہوں نے اظہار کے لئے افسانہ نگاری کا انتخاب کیا اور یہ بھی بڑی خوش آئند بات ہے کہ ان کے افسانے موقر

اخبارات و رسائل میں شائع ہوتے رہے ہیں۔ بیسویں صدی جیسے جریدے میں شائع ہونے والا افسانہ نگار بذات خود اپنی شناخت رکھتا ہے۔ بلا شبہ انیس فاروقی کی تحریروں میں تخلیقی حسیت کا کرب موجود ہے۔اور وہ کہانی پیش کرنے اور پلاٹ کے توسط سے کرداروں کے منفی و مثبت سوچ کو بیان کرنے کی پوری صلاحیت رکھتے ہیں۔ جس کے ساتھ ساتھ افسانویت اور افسانوی محرکات کا شعور بھی ان کے قلم کے ساتھ ساتھ چلتا ہے۔ یہی وجہ ہے کہ ان کے افسانوں میں زندگی کی تنویر اور عالمی اقدار کی گونج بھی سنائی دیتی ہے۔ انیس فاروقی افسانوی فضا پیدا کرنے کی تمام بنیادی اصولوں سے واقفیت رکھتے ہیں۔ اور اس کے ساتھ ساتھ انہیں زبان و بیان پر بھی دسترس حاصل ہے۔

پروفیسر مجید بیدار (پیش لفظ ''شفق کے سائے'')

☆ حیدر آباد دکن شہر اردو ہے۔ اردو افسانے کے افق پر اس شہر سے جن نئے افسانہ نگاروں نے ادب میں اپنی شناخت قائم کی ہے ان میں ایک اہم نام محمد انیس فاروقی کا ہے جو اپنے سماجی اور اصلاحی افسانوں کے سبب شہرت حاصل کر چکے ہیں۔ ان کی افسانہ نگاری کو خراج پیش کرتے ہوئے ممتاز افسانہ نگار و ناول نگار محترمہ رفیعہ منظور الامین نے لکھا کہ۔۔ اپنے پیشے کے اعتبار سے بہ حیثیت سول انجینیر انیس فاروقی پلوں کی تعمیر کرتے ہیں تو ادب میں بھی وہ پل تعمیر کر رہے ہیں لیکن ان پلوں کی نوعیت جداگانہ ہے۔ یہ (Bridges of Understanding) ہیں۔ یہ آگہی اور ادراک کے پل ہیں۔ انیس فاروقی اپنے نام کے مصداق دوست ہیں۔ جو دوستی کے پل قائم کرتے ہیں''۔

ڈاکٹر محمد اسلم فاروقی (''چہرہ چہرہ آئینہ'' اوراق ادب۔ روزنامہ اعتماد۔ حیدر آباد)

☆انیس فاروقی کے افسانوں کے موضوعات بڑے سیدھے سادھے ہیں۔ موضوع سخن معاشرتی، تہذیبی و خاندانی اقدار کا احترام، خاندانی مسائل، چھوٹی چھوٹی خوشیاں، غم، ہلکا پھلکا رومان یہ سارے لوازمے قاری کو ایک تازہ ہوا کے جھونکے کی طرح چھوکر گزر جاتے ہیں۔ انیس فاروقی کے نزدیک مشرقی اقدار کی پاسداری بہت اہمیت رکھتی ہے۔

انیس فاروقی کے افسانوں کے موضوعات گھر کی چار دیواری سے اٹھتے ضرور ہیں۔ مگر ان کے اندر بسنے والوں کے دلوں کی دھڑکنوں، متلاطم جذبوں کی پردہ داری، ان کے اظہار پر زبان بندی اپنوں کے لئے ایثار، صلہ رحمی خود انہیں ایک نیک خو اور شریف النفس انسان ثابت کرتا ہے۔

قمر جمالی (پیش لفظ ''تند دھڑکنوں کا بھنور'')

فہرست

xxx

پیش لفظ

اکثر دیکھا گیا ہے کہ ادب سے الگ دوسرے فنون سائنس وٹیکنالوجی' طب یا انجینیر نگ سے بعض لوگوں کا پیشہ وارانہ رشتہ ہوتا ہے۔لیکن ان کے اندر کا چھپا ہوا تخلیق کار ،محقق یا نقادا پنے اظہار کے لیے مضطرب رہتا ہے۔پھر ایک وقت طبعیت میں ایک ایسی کیفیت پیدا ہو جاتی ہے جو ان سے شعر کہلوا لیتی ہے افسانے لکھوالیتی ہے یا پھر ادب کے میدانوں میں وہ رخش قلم دوڑاتے نظر آتے ہیں۔انیس فاروقی کا بھی یہی حال ہے۔

انیس فاروقی پیشے سے انجینیر ہیں۔مگر وہ ان کا وسیلہ دام ہے۔اور افسانہ نگاری ذریعہ نام ہے۔اب تک ان کے افسانوں کے چھ مجموعے شائع ہو چکے ہیں۔ایک شعری مجموعہ بعنوان ''بے خواب دریچے'' بھی منظر عام پر آچکا ہے۔چالیس سال سے دشت ادب کی سیاحی میں مصروف ہیں۔اور معروف بھی۔

انیس فاروقی کے افسانوں کی خاص بات یہ ہے کہ وہ بہت مختصر ہوتے ہیں لیکن ان میں محبت' عداوت' حسرت و عبرت' تعجب و حیرانی' تاسف و پشیمانی' آرزوٗں اور خواہشات کی دنیا آباد ہے

انیس فاروقی اپنی مٹی کی خوشبو کے رسیا ہیں۔اس مٹی کی سماجی بصیرت' عمیق مشاہدے اور عصری مسائل سے آگہی سے استفادہ کرتے ہوئے اپنے افسانوں کے موضوعات منتخب کیے ہیں۔وہ کوئی ہائی فائی دنیا کی بات نہیں کرتے۔کسی تحریک سے متاثر نہیں۔کسی کے قلم کی اتباع نہیں کرتے۔کسی سانچے میں اپنے قلم کو بند نہیں کرتے۔ان کے

افسانے متوسط اور غریب طبقے کے ترجمان ہیں۔ وہ غریب طبقہ جس کے پاس نہ کوئی تکلف ہے نہ تصنع۔ بے ریا زندگی ہے

انیس فاروقی کے افسانوں آدرش وادی' کس چڑیا کا نام ہے اور محنت کی روٹی وغیرہ میں آج کی سیاست پر گہرا طنز ہے۔ ان کے ہاں دل کی وادی میں' اداس لمحوں کا کرب' وجود زن سے ہے' احساس کی کرچیاں اور خاموشیاں جیسے افسانے بھی ہیں جن میں محبت کی نرمی و گرمی' کامیابی ناکامی' طرب و اضطراب سبھی کچھ ہے۔ سیدھا سادا حسن' ہلکا پھلکا رومان' وفا اور جفا کے مختلف روپ سے بھی ان کے افسانے خالی نہیں۔ زندگی میں یہی کچھ تو ہوتا ہے۔ بعض افسانے دل کو چھو لیتے ہیں۔ دل کو چھو لینے والی اسی کیفیت میں تو فنکار کی کامیابی کا راز چھپا ہوتا ہے۔

انیس فاروقی طنز نگار نہیں لیکن زیر لب طنز قاری کے احساس کو جھنجھوڑ دیتا ہے۔ تہذیبی اقدار اور سماجی تعلق کو جانچنے پرکھنے سے آدمی میں فکر و نظر کی وسعتیں پیدا ہوتی ہیں۔ انیس فاروقی کے پاس فکر و نظر کا یہ سرمایہ بے پناہ ہے۔

''دل کی وادی میں'' کا انتساب اس بات کی دلیل ہے کہ محسن انسانیت سے ان کا رشتہ کتنا گہرا ہے۔ اپنے افسانوں میں بھی انہوں نے انسانی اقدار کی پاکیزگی اور پاکیزہ بنیادوں کی تلاش کی ہے۔ جس سے انسانیت سرفراز ہوتی ہے۔

ڈاکٹر اشرف رفیع

سابق صدر شعبہ اردو عثمانیہ یونیورسٹی

حیدرآباد

انیس فاروقی کی افسانہ نگاری۔ایک تجزیہ

کہانی کیا ہے؟اس بارے میں مختلف زبانوں کے ادبی نقادوں نے بہت سی باتیں کہی ہیں۔میرے خیال میں بیتے ہوئےلمحوں کے بارے میں کہی گئی دلچسپ باتیں جو بڑے اشتیاق اورانہماک سے سنی جاتی ہیں یہی کہانیوں کی بنیاد بنتی ہیں۔چاہے یہ باتیں کسی کی آپ بیتی ہوں یا جگ بیتی۔جب سننے والوں کا اشتیاق بڑھا تو کہنے والوں نے بھی حقیقتوں کو افسانوں میں بدلنا شروع کردیا۔اوراگر بات طول پکڑگئی تو داستان کہلائی۔کردار حقیقی دنیا سے لئے گئے واقعات ترتیب سے بیان ہونے لگے جن میں تحیراور تجسس کا عنصر بھی شامل ہوگیا تو انہیں طویل افسانہ یاناول کہا گیا۔اور یہ ادب کی مستقل صنف بن گئی۔کہانیوں کی بھی ایک کہانی ہے عظیم کہانی۔دنیا کی سب سے قدیم کہانی سب سے پہلے خالق کائنات نے صرف ایک لفظ میں کہی اوروہ لفظ ''کُن'' تھا۔ہوجااورکہانی شروع ہوگئی۔''فیکون''ازل سے ابدتک۔اور پھر اس سے بھی پرے شیکسپئر کے الفاظ میں ہم سب اس عظیم کہانی کے کردار ہی تو ہیں۔

انسانی زندگی کے تین ادوار ہوتے ہیں۔بچپن'جوانی اور بڑھاپا۔انیس فاروقی نے شروع شروع میں جو کہانیاں لکھی ہیں اس کے لئے زندگی کی اس درمیانی کڑی کا انتخاب کیا۔یہ عمر کھلنڈرے پن سے سنجیدگی کا سفر بنتی ہے تو محبت'شادی'تعلیم'دوستی'قرابت داروں کی نگاہوں میں اپنی شخصیت کا تعین'معاشرتی زندگی کے آداب کی تربیت'رکھ رکھاؤ'برے بھلے کی پہچان کی ابتداء'معصوم جذبے'کچھ بننے کی خواہش'اپنی آرزؤں اورامنگوں کی تکمیل کے لئے ضداور ماحول سے اورروایتوں سے ٹکراؤ'کچی عمر کے کچے جذبے رومان

پرور فضاؤں میں جنم لیتے ہیں۔اور زمانے کے سرد گرم تھپیڑوں کی زد میں آ کر اپنی موت آپ مرجاتے ہیں۔ پرشباب آنکھوں میں مسرت اور سرور کی جگہ نمی تیرنے لگتی ہے۔انیس فاروقی کی اکثر کہانیوں کے تانے بانے ایسی ہی فضاؤں میں بنے گئے ہیں۔ان کے کردار زندگی کے ہمک سے بھرپور ہوتے ہیں۔کہانیوں کی فضاء رومان پرور فضاؤں سے اٹھتی ہے۔آنکھوں میں رنگین خواب جنم لیتے ہیں۔پھر اڑتے ہوئے لمحے حقائق کی سنگلاخ چٹانوں سے ٹکرا کر زخمی ہو جاتے ہیں۔ان زخموں سے لہو رستا ہے۔پھر وقت مرہم بن جاتا ہے۔مدوجزر کے بعد گہری جھیل کے مسطح پانی کا سا سکون۔

ادب زندگی کا ترجمان ہوتا ہے۔اور ہر عہد میں زندگی کی ترجمانی کے سانچے بدلتے رہتے ہیں۔یہ ترجمانی کبھی شاعری کی اصناف مثنوی' مرثیہ' قصیدہ' غزل اور نظم کے ذریعے ہوتی رہی تو کبھی نثری اصناف داستان' ناول' ڈرامہ' کہانی اور افسانے کے ذریعے ہوتی رہی۔بیسویں صدی میں اردو نثر کی مقبول صنف افسانہ رہی ہے۔افسانے کی مقبولیت اور ناول کے زوال پر بہت سے نظریے پیش ہوتے رہے جن میں وقت کی تنگی اور زندگی کی تیز رفتاری اہم عنصر رہا ہے۔ادب کا ایک مقصد اصلاح معاشرہ ہے۔تو دوسرا مقصد تفریح طبع رہا ہے۔ایک ایسے زمانے میں جب کہ تفریح کے موجودہ ذرائع ناپید تھے لوگ حظ و انبساط کے حصول کے لئے ادب کا مطالعہ کرتے تھے۔بیسویں صدی میں زندگی کی بڑھتی رفتار اور تنگئ وقت کے شکوے کے دوران باذوق قارئین ادب کے لئے اردو افسانہ آج بھی تفریح اور مقاصد کی تکمیل کا ایک اہم ذریعہ ہے۔ترقی پسند تحریک اور ہندوستان کی جدوجہد آزادی کی تحریک کے دوران اردو افسانے نے اپنے مقصدی پہلو کا رول ادا کیا۔اردو افسانے کی تاریخ میں پریم چند' کرشن چندر' عصمت چغتائی' راجندر سنگھ بیدی' سعادت حسن منٹو وغیرہ عظیم افسانہ نگاروں میں شمار ہوتے ہیں۔ان افسانہ نگاروں نے اپنے فن سے اردو

افسانہ نگاری کو کمال تک پہونچایا۔ تقسیم ہند کے بعد اردو کے نامور افسانہ نگار پاکستان میں رہ گئے ۔ ہندوستان کی آزادی کے بعد جن علاقوں میں اردو پروان چڑھتی رہی ان میں جنوبی ہند کا علاقہ دکن پیش پیش رہا۔ خاص طور سے حیدر آباد نہ صرف جنوبی ہند بلکہ ہندوستان اور عالمی سطح پر اردو زبان وادب کی خدمت کرنے والا نمایاں شہر بن گیا۔ جامعہ عثمانیہ سے فارغ لائق سپوتوں نے زندگی کے تمام شعبوں میں ترقی کی اور جہاں صحافت کے افق پر ''سیاست' رہنمائے دکن' منصف' اعتماد اور دیگر اخبارات نے اردو کی روشنی کو عام کیا تو وہیں شعر وادب میں مخدومؔ' شاذؔ' اوجؔ یعقوبی' سعیدؔ شہیدی' علی احمد جلیلی' رحمٰن جامیؔ' جیلانی بانو' رفیعہ منظور الامین' عاتق شاہ' بیگ احساس' عوض سعید اور اقبال متین وغیرہ نے اپنی تخلیقات سے حیدر آباد کا نام عالمی سطح پر روشن کیا۔ بعد کے دور میں حیدر آباد کے ادبی افق پر جو نئے افسانہ نگار ابھر کر سامنے آئے اور اپنے قلم سے اپنے فن کا لوہا قومی و بین الاقوامی سطح پر منوایا ان میں ایک اہم نام محمد انیس فاروقی کا بھی ہے۔ جو ادب کا سلجھا ہوا ذوق رکھتے ہیں۔ افسانہ نگار کے علاوہ اچھے شاعر بھی ہیں۔ افسانوں کے مختلف مجموعوں کی اشاعت کے بعد حال ہی میں ان کا پہلا شعری مجموعہ ''بے خواب دریچے'' منظر عام پر آ کر ادبی حلقوں میں پذیرائی حاصل کر چکا ہے۔

محمد انیس فاروقی میرے چھوٹے بھائی ہیں۔ پیشے سے سول انجینیر ہیں اور بقول رفیعہ منظور الامین ''انیس فاروقی پلوں کی تعمیر کرتے ہیں تو ادب میں بھی پلوں کی تعمیر کر رہے ہیں''۔ یہ پل آگہی اور ادراک کے پل ہیں۔ انیس فاروقی کی ابتدائی تعلیم اردو میڈیم سے ہوئی ۔ ملازمت کے سلسلے میں حیدر آباد کے علاوہ انہیں محبوب نگر' نظام آباد اور کرنول جیسے اضلاع میں رہنے کا موقع ملا۔ جہاں وہ ان علاقوں کی ادبی انجمنوں سے وابستہ رہے۔ اور اپنی شعری وادبی تخلیقات پیش کرتے رہے۔ انیس فاروقی کے تحریر کردہ افسانے اپنے وقت کے مشہور ادبی رسائل شمع' بیسویں صدی' بانو' پاکیزہ آنچل' مشرقی آنچل وغیرہ میں شائع

ہوتے رہے۔ان دنوں ان کے افسانے بزم سہارا' ماہنامہ آندھراپردیش' ماہنامہ تلنگانہ' قومی زبان اور اردو اخبارات کے ادبی سپلمنٹوں میں شائع ہورہے ہیں۔اردو اکیڈیمی نے جب سے اردو کے ابھرتے ادیبوں اور شاعروں کو اپنی تخلیقات کی اشاعت کے لئے مالی امداد دینے کا سلسلہ شروع کیا ہے اس وقت سے محمد انیس فاروقی بھی اپنے افسانوں کے مسودات بھی اردو اکیڈیمی میں بغرض اشاعت پیش کرتے رہے اور اردو اکیڈیمی کی جزوی مالی امداد سے اب تک ان کے افسانوں کے چھ مجموعے'' ریزہ ریزہ چاندنی' کرچی کرچی خواب' سائبان' گماں سے آگے' شفق کے سائے اور تند دھڑکنوں کا بھنور شائع ہوکر مقبولیت حاصل کرچکے ہیں۔محمد انیس فاروقی کے افسانوں کا ساتواں مجموعہ'' دل کی وادی میں'' زیور طباعت سے آراستہ ہورہا ہے۔ان کے افسانوی سفر پر طائرانہ نظر ڈالیں تو پتہ چلتا ہے کہ وہ ایک سماجی افسانہ نگار کے طور پر سامنے آتے ہیں۔وہ ایک منجھے ہوئے تخلیق کار کی طرح اپنی کہانیوں کے موضوعات سماج سے حاصل کرتے ہیں۔انیس فاروقی اپنے دور کے مختلف واقعات وحوادث پر گہری نظر رکھتے ہیں اور ان واقعات کو بنیاد بنا کر مشاقی سے اپنے افسانوں کے پلاٹ تیار کرتے ہیں۔اور اس میں اپنے فن کی ہنرمندی سے تخلیق کا جادو جگاتے ہیں۔ وہ اپنے افسانوں کے لئے زماں ومکاں کے طور پر اپنے عہد اور شہر حیدرآباد کی تہذیبی فضاء کو پیش کرتے ہیں۔انیس فاروقی کے افسانوں میں حیدرآبادی معاشرہ جھلکتا ہے۔ان کے کردار حیدرآباد کے متوسط گھرانوں کی عکاسی کرتے ہیں۔متوسط طبقے کے مسلم خاندانوں کے حالات' نوجوانوں کی نفسیات' محبت' شادی اور گھریلو زندگی سے معمور مشرقی تہذیب کے نظارے ان کے افسانوں کی بنیاد ہیں۔چند افسانوں میں ضمیر اور بے ضمیری کی کیفیت جھلکتی ہے۔سیاسی داؤ پیچ بھی ان افسانوں میں دکھائی دیتے ہیں۔سیاست دانوں کے سیاہ کرتوت اور عوام کے جذبات سے کھلواڑ کے نقشے بھی انھوں نے اپنے افسانوں میں پیش کئے ہیں۔

زیرِ نظر افسانوی مجموعہ ''دل کی وادی میں'' افسانے ''کس چڑیا کا نام ہے'' اور ''محنت کی روٹی'' میں سیاست دانوں کے کرتوت پیش کیے گئے ہیں۔ دیگر افسانے ہماری تہذیب کے مختلف رنگ پیش کرتے ہیں۔ ان افسانوں میں حیدرآباد کی گنگا جمنی تہذیب، محبت کی سچائی، جذبوں کی پاکیزگی اور رشتوں کا تقدس نظر آئے گا۔ ''دل کی وادی میں'' ایک ایسا ہی افسانہ ہے۔ ''خالی ہاتھ'' افسانے میں دولت کی عارضی چمک کے آگے اقدار کی اہمیت اجاگر کی گئی ہے۔ حسن کمال دنیاوی آسائشوں کے حصول میں تمام جائز ناجائز طریقوں سے دولت کما کر مادی آسائشیں حاصل کرلیتا ہے لیکن اس کی بیٹیوں کی زندگی میں آنے والے حالات اسے یہ سوچنے پر مجبور کردیتے ہیں کہ اس کی ماں کے کہے ہوئے الفاظ ''نہیں جمال، نہیں۔ تمہاری سوچ غلط ہے۔ تمہیں اپنی سوچ بدلنا ہوگا۔ ہر حال میں جائز، جائز ہے اور ناجائز ناجائز۔! اسے ٹھوکر کھانے کے بعد درست لگتے ہیں۔ انیس فاروقی کے یہ اور اس مجموعے میں شامل دیگر افسانے عشق و محبت، رشتوں کی پاسداری، مشرقی تہذیب کی عکاسی اور عہد حاضر کے مثبت و منفی رجحانات کے عکاس ہیں۔ ان افسانوں میں منظر نگاری، مکالمہ نگاری اور نفسیات نگاری کی اچھی مثالیں ملتی ہیں۔ انیس فاروقی بیانیہ انداز میں مکالموں کی مناسب توازن کے ساتھ افسانے پیش کرتے ہیں۔ ان کے افسانے سماجی اصلاح کے آلہ کار ہونے کے ساتھ ساتھ اردو کے افسانوی ادب میں گراں قدر اضافہ ہیں۔ اس مجموعے کی اشاعت پر انہیں مبارکباد پیش ہے اور دعا ہے کہ اللہ کرے زور قلم اور زیادہ۔

محمد ایوب فاروقی صابر
معراج کالونی، ٹولی چوکی۔ حیدرآباد
فون: 9700577812

میری کہانی کا سفر

کہانی کا سفر تو اس وقت ہی شروع ہو گیا تھا جب خدائے لم یزل نے ''کُن'' کی صدا کے ساتھ ہی اس عظیم الشان کائنات کی تخلیق کی تھی اور اپنے خلیفہ حضرت آدم علیہ السلام اور ان کی رفیقہ حیات حضرت حوا علیہ السلام کو زندگی کی قید میں ڈال کر اس کاروبار جاہس کو آگے بڑھانے کے لئے اس دنیا میں اتارا تھا۔ ہماری کہانی غاروں، جنگلوں، ندی نالوں، چھونپڑیوں اور کچے پکے مکانوں سے ہوتی ہوئی بادشاہوں کے محلوں میں داخل ہوئی اور وہاں کی رونقوں اور بزم آرائیوں کے بیان کے بعد اب عام انسان کی رفیق ہوگئی۔ پہلے کہانی کے موضوعات رزم و بزم تھے اب کہانی سرعام دعوت فکر دے رہی ہے کہ ہے کوئی تخلیق کار جو اسے پڑھے اور اپنے فن کی خوبیوں سے قاری تک اس طرح پہونچائے کہ وہ کہانی اس کی اپنی کہانی ہو جائے۔

1857ء کے بعد جب زندگی کی رفتار بڑھی تو کہانی کا دامن داستان اور ناول سے سمٹتے ہوئے افسانے تک سمٹ گیا۔ وقت کی کمی اور زندگی کی بڑھتی ہوئی رفتار نے کہانی کو مختصر کردیا۔ داستان میں جہاں کئی قصے بیان ہوتے تھے اور ناول میں زندگی کا طویل بیان ہوتا تھا وہیں اب کہانی اور افسانے میں زندگی کے کسی ایک پہلو کو بیان کیا جانے لگا۔ کہانی سننا اور سنانا، کہانی پڑھنا اور لکھنا انسان کی فطرت میں داخل ہے۔ انسان دوسروں کے حالات جاننے کے لئے بے چین رہتا ہے۔ اور زندگی کے مصائب اور آلام سے دوچار انسان اپنا غم بانٹنے کے لئے دوسروں کو اپنی کہانی سناتا ہے۔ اب اکیسویں صدی میں زندگی کی رفتار کا یہ عالم ہے کہ کسی کو کسی کے دکھ درد بانٹنے کی فرصت نہیں۔ آج کہانی کی شکل میں انسانی مسائل

بھوک، افلاس، رشوت، دہشت گردی، دھوکہ دہی، غرور، تکبر، اسراف، سیاست اور بے شمار واقعات ہمارے اخبارات کی سرخیوں کا حصہ بن رہے ہیں۔ اور جس رفتار سے مسائل سامنے آرہے ہیں اسی رفتار سے واقعات بھلائے بھی جارہے ہیں۔ آج کسی دن اخبار میں قتل و غارت گری، خون خرابہ یا تخریب کاری کی خبریں شائع نہ ہوں تو ہم کہتے ہیں کہ اخبار پھیکا لگ رہا ہے۔ انسانی بے حسی کے اس عالم میں ایک فن کار کی یہ ذمہ داری ہے کہ وہ اپنے اطراف تخلیق ہورہی کہانیوں کا تجزیہ کرے اور اسے اپنے فن کے ذریعے صفحہ قرطاس پر کچھ اس طرح پیش کرے کہ قاری کے ذہن پر دیرپا اثر باقی رہے۔ اور اسے یہ لگے کہ یہ کہانی کہیں اس کی اپنی تو نہیں۔ چنانچہ بقول شاعر

دنیا نے تجربات و حوادث کی شکل میں
جو کچھ دیا اسے لوٹا رہا ہوں میں

۔۔ کے مصداق میری بھی یہ کوشش رہتی ہے کہ ہمارے متوسط طبقے کے مسائل ہوں کہ متمول طبقے کے مسائل انہیں کہانی کا روپ دے کر پیش کروں۔ چنانچہ ایک عام آدمی کی طرح روزانہ سینکڑوں کہانیاں جنم دینے والے ماحول میں رہتا ہوں۔ اور جو کہانی میرے دل کو چھو جائے اسے بعد تجزیہ افسانے کے روپ میں پیش کرتا ہوں۔ چنانچہ میری کہانی کا سفر میرے پہلے افسانوی مجموعہ ''ریزہ ریزہ چاندنی'' (1994ء) کی اشاعت سے ہوا۔ اردو کے ادبی اور سماجی حلقوں میں جب میرے افسانوں کی پذیرائی ہونے لگی تو میری کہانی کو بھی بال و پر مل گئے۔ اور اس کے بعد یکے بعد دیگر میرے مزید افسانوی مجموعے ''کرچی کرچی خواب'' (1998ء)، ''سائبان'' (2003ء) ''گماں سے آگے'' (2006ء) ''شفق کے سائے'' (2009ء) اور ''تند دھڑکنوں کا بھنور'' (2012ء) شائع ہوئے۔ اور کہانی کے اس سفر کو آگے بڑھاتے ہوئے میرے افسانوں کا ساتواں مجموعہ ''دل کی وادی میں'' شائع ہوا ہے۔ کہانی کا قاری ہی اس کا بہترین نقاد ہوتا ہے۔ چنانچہ پرکھ اور پہچان کے لئے میرے افسانوں کا تازہ مجموعہ آپ کے لئے پیش خدمت ہے۔

مجھے اعتراف ہے کہ میں اپنے اطرف و اکناف کے ماحول سے اپنی کہانی کے موضوعات حاصل کرتا ہوں۔ میرے موضوعات ہر طبقہ کے سماجی مسائل ہیں۔ میں اپنی کہانی میں اصلاح کا پہلو غالب رکھتا ہوں۔ کیوں کہ میرا ایقان ہے کہ قلم اللہ کی امانت ہے اسے شر کے بجائے خیر کے لئے استعمال کرنا چاہئے۔ میرے کردار اپنے ماحول کا حصہ ہیں۔ یہ کردار حق کے متلاشی ہیں اور کہانی کے انجام کے طور پر انہیں ان کی منزل مل جاتی ہے۔ میرے افسانوں میں محبت کے پاک جذبات کی عکاسی ہوئی ہے۔ میں نے ہندوستان کے شہروں خاص طور سے حیدرآباد کی فضاء کو اپنے افسانوں میں پیش کیا ہے۔ میں نے بعض نقادوں کی آراء کو مدنظر رکھتے ہوئے اپنے موضوعات میں وسعت اور تنوع پیدا کیا۔ اور دہشت گردی' موقع پرست سیاست' جرائم اور انسانیت کو درپیش مسائل پر بھی قلم اٹھانے کی کوشش کی ہے۔ امید ہے کہ قارئین کو اس مجموعہ میں شامل کہانیاں اور افسانے بھی پسند آئیں گے۔ اور ان کی قیمتی آراء مجھے اپنے فن کو مزید نکھارنے میں معاون ثابت ہوں گی۔

افسانوی مجموعہ ''دل کی وادی میں'' کی اشاعت میرے لئے باعث مسرت ہے کیوں کہ ایک تخلیق کے کرب سے گزرنے کے بعد ایک تخلیق کار کو اس وقت فرحت کا احساس ہوتا ہے جب کہ اس کی تخلیق لوگوں کے ہاتھ میں پہونچ جاتی ہے۔ اس موقع پر میں سب سے پہلے اپنے رک کا شکر گزار ہوں جس نے مجھے زندگی کو سمجھنے اور اس کے اسرار و رموز کو فن افسانہ کے ذریعے دوسروں تک پہونچانے کا سلیقہ سکھایا۔ میں اللہ رب العزت سے دعا گو ہون کہ وہ میرے قلم کو مضبوط بنائے تا کہ میں خیر و شر کی لڑائی میں شر کی تکذیب کرتے ہوئے خیر کو سر بلند کرتا رہوں۔ میں اس مجموعے کی اشاعت کے ضمن میں سب سے پہلے

میں اپنے بڑے بھائی محمد ایوب فاروقی صآبر کا تہہ دل سے مشکور ہوں کہ ان کی ادبی صحبت اور مفید

مشوروں سے میرے ادبی سفر کو جلا ملی ۔ انہوں نے میرے افسانوی سفر پر اپنی قیمتی آراء پیش کی ۔ میں رب العزت سے دعا گو ہوں کہ صحت و عافیت کے ساتھ تادیران کا سایہ ہم پر رہے میں ان کے فرزند ڈاکٹر محمد اسلم فاروقی صدر شعبہ اردو گری راج کالج نظام آباد کا مشکور ہوں کہ انہوں نے کتاب کی طباعت سے لے کر اشاعت تک تمام مراحل پر میرا ساتھ دیا۔ میں جناب محمد وقار امین کا شکر گزار ہوں کہ انہوں نے بروقت کتاب کی غلطیوں سے پاک کمپوزنگ اور صورت گری کی ۔ میں اپنے افراد خاندان' دوست احباب اور سبھی بہی خواہوں کا مشکور ہوں جنھوں نے میرے ادبی سفر میں میری حوصلہ افزائی کی اور نیک تمناؤں کا اظہار کیا۔

میں اردو اکیڈیمی تلنگانہ اسٹیٹ حیدرآباد کا خاص طور سے شکریہ ادا کرتا ہوں کہ اس نے اس افسانوی مجموعے کی اشاعت کے لئے جزوی مالی تعاون کیا۔ اردو کے فروغ میں اکیڈیمی کی خدمات لائق تحسین ہیں ۔ میں امید کرتا ہوں کہ اس افسانوی مجموعے کو قارئین پسند کریں گے اور اس کی کوتاہیوں سے قطع نظر افسانون کی خوبیوں پر نظر رکھیں گے۔ اسے میں اپنے فن کا ثمرہ تصور کروں گا۔

ہم پرورش لوح و قلم کرتے رہیں گے
جو دل پہ گزرتی ہے رقم کرتے رہیں گے

محمد انیس فاروقی

25 ڈسمبر 2017ء

''نور جبین''

9-4-61/82 معراج کالونی

ٹولی چوکی حیدرآباد۔ 500008

بسم اللہ الرحمٰن الرحیم

آدرش وادی

''جہاں دولت کی حکمرانی ہوتی ہے وہاں سچائی، بھائی چارہ اور آدرش کا استحصال ہوتا ہے۔آپ نے سنا ہوگا بڑے بڑے سیاست دان خود کو بڑی سوجھ بوجھ رکھنے والے اور مفکر سیاست جتاتے ہیں۔ایسا کہنے والے کیا خود کو دولت سے دور رکھ پاتے ہیں۔نہیں ہر گز نہیں یہ میں نہیں مانتا۔خود کو اگر انقلابی گردانتے ہیں تو انہیں چاہیئے کہ وہ عملی طور پر خود کو ثابت کریں، یہ نہیں کہ صرف اپنے انقلابی خیالات کا پرچار کریں۔!'' انہوں نے چند لمحوں کیلئے اپنی دھواں دھار تقریر کو روک دیا کیونکہ قریبی مسجد سے اذان کی آواز فضا میں گونج رہی تھی ۔جس کے احترام میں انہوں نے تقریر کو روک کر وقفہ لیا۔اذان جب مکمل ہوگئی تو وہ پھر اپنی نشست سے اٹھ گئے اور مائک دوبارہ سنبھال لیا اور اپنی تقریر جاری رکھی ''بھائیو، نوجوانوں اور ساتھیو! آج ہمارا ملک کس طرف جارہا ہے ہمارے نوجوان کس راہ پر چل پڑے ہیں۔جس جانب دیکھو آپ کو تشدد ہی نظر آئے گا۔کہیں بم پھٹ رہے ہیں تو کہیں پر ٹرین میں مسافروں کو لوٹا جارہا ہے۔معصوم و بے گناہ جانیں جارہی ہیں۔والدین اپنی ہی اولاد سے پریشان ہیں کہ سماج میں منہ اٹھا کر چلنے کے لائق نہیں رہے۔آیئے ہم ایک نئے سماج کو تشکیل دیں۔میں چاہتا ہوں کہ آج کے ہر نوجوان کے ہاتھوں میں یا تو پن (قلم) ہو

یا پھر ہل ۔آیئے آپ ہمیں اور ہماری پارٹی کو منتخب کیجئے اور ایک نئے سماج کی بنیاد ڈالیئے جہاں صرف سچائی کا راج ہو، بھائی چارہ اور آدرش ہمارا عمل ہو۔! جئے ہند"۔! منوہر لال پھر اپنی نشست پر آبیٹھے۔

سارے ملک ہندوستان میں پارلیمنٹ اور ریاستی اسمبلی انتخابات کا دور چل رہا تھا۔ جتنی بھی سیاسی جماعتیں تھیں اپنے اپنے امیدوار میدان میں اتار چکی تھیں ۔منوہر لال کا تعلق نوجوان نسل سے تھا۔اس کے خیالات بھی عام سیاست داں سے مختلف تھے وہ انقلابی ذہن کا مالک تھا اور چاہتا تھا کہ سماج میں تبدیلی لائے ۔آج جس سماج میں وہ جی رہا تھا اس سے اسے شدید نفرت تھی اور چاہتا تھا کہ سماج میں کچھ نہ کچھ سدھار آئے ۔اس کی پارٹی کے سینئر رفقاء اس کے ساتھ تھے اور چاہتے تھے کہ اگر وہ یہ الیکشن جیت جاتا ہے تو اسے ریاستی چیف منسٹر کے عہدہ کیلئے بھی نامزد کریں گے۔اس نے اپنے اسمبلی حلقہ میں جہاں جہاں بھی جلسے منعقد کئے ہر جلسے میں اپنی وہی باتیں دہرائیں اور یہی کہتا رہا کہ اسے بس ایک بار موقع دیں اور اپنی ضمیر کی آواز پر ووٹ دیں۔! وہ اپنے ہر جلسے سے مطمئن تھا کیونکہ عوام کی بھاری تعداد ہر جلسہ کو کامیاب بنا رہی تھی اور لوگ اس کے بارے میں سوچنے پر مجبور ہونے لگے تھے ۔! اخبارات اور ریاستی ٹی وی چیانلس بھی اس کے انٹرویو لے رہے تھے ۔اخباروں میں بھی اس کے خیالات کی ستائش ہو رہی تھی۔

الیکشن پرسکون طریقے پر ختم ہوئے ، پھر ووٹوں کی گنتی بھی ہوئی اور نتائج کا اعلان بھی ہو گیا منوہر لال اپنے حلقہ انتخاب سے بھاری ووٹوں سے منتخب ہو گیا۔اس کی پارٹی بھی اس لیکشن میں اچھی پوزیشن کے ساتھ پہلے مقام پر کھڑی تھی اور گورنر صاحب کی دعوت کی منتظر تھی کہ وہ اسے حکومت تشکیل دینے کیلئے مدعو کریں۔ دوسری جانب چیف منسٹر کے عہدہ

کیلیئے اخباروں میں مختلف ناموں پر قیاس آرائیاں کی جا رہی تھی۔ اور ایک نام منوہر لال کا بھی تھا۔ اب یہاں پارٹی کے سینئر رفقاء دو حصوں میں بٹ گئے تھے۔ ایک گروپ منوہر لال کا ساتھ دے رہا تھا تو دوسرا گروپ پارٹی کے اب تک تین بار منتخب ہوئے رکن رام چرن کے حق میں تھا۔! رام چرن کے تعلق سے مشہور تھا کہ وہ خود کو ہائی کمان کے چرنوں کی دھول کہتا تھا اور اسے یقین تھا کہ وہ چیف منسٹر منتخب ہو جائے گا۔

منوہر لال کے لئے اب کڑی آزمائش کا وقت تھا۔ اس کے مددگار پارٹی رفقاء کافی دوڑ دھوپ میں مصروف ہوگئے اور ہائی کمان کے آگے عددی طاقت کا مظاہرہ بھی کروانا پڑا۔ اور پھر ہائی کمان کا فیصلہ منوہر لال کے حق میں ہو گیا اور اس کا نام چیف منسٹر کے عہدے کیلیئے گورنر صاحب کو پیش کر دیا گیا۔

آج چیف منسٹر کے عہدے کا حلف لینے کے بعد وہ سوچ رہا تھا کہ رام چرن کے حامیوں کو خریدنے کیلیئے اسے کتنی بیش بہا دولت لٹانی پڑی اور اپنے آدرش کا گلا گھونٹنا پڑا۔

×××

محنت کی روٹی

’’بھائیو اور بہنو! میں نے ایک خواب دیکھا ہے کہ اس گاؤں کو جس میں، میں پیدا ہوا، یہیں پر میرا بچپن گزرا، اسی گاؤں کی پگڈنڈیوں پر ہم کبھی دوڑا کرتے تھے۔ اس گاؤں سے گذرتی ندی میں ہم تیرا کی کرتے تھے۔ اس گاؤں کی مٹی کی سوندھی خوشبو ابھی تک میری جسم کی رگوں میں رچی بسی ہے۔ یہ گاؤں جو کہ ہمارے انتخاب کے حلقے میں سب سے بڑا ہے۔ یہاں عوام بڑی تعداد میں بستے ہیں لیکن اس گاؤں کو ترقی کے اعتبار سے ہمیشہ نظر انداز کیا گیا۔ اس گاؤں میں آج بھی ہماری کئی ایکڑ زمین موجود ہے جس پر ہمارے ہی گاؤں کے کسان محنت کر کے اناج اگاتے ہیں۔ آزادی کے کئی برس بعد بھی اس گاؤں میں نہ ہی کوئی بڑا تعلیمی ادارہ قائم کیا گیا اور نہ ہی کوئی ہسپتال حالانکہ یہ گاؤں شہر سے بس چند کیلومیٹر کے فاصلے پر ہے۔ میں جذباتی تقاریر پر یقین نہیں رکھتا اور نہ ہی کوئی جھوٹے وعدے آپ سے کروں گا لیکن آپ کو یہ ضرور یقین دلانا چاہتا ہوں کہ اگر مجھے منتخب کیا گیا تو اس گاؤں کی اعلی پیمانے پر ضرور ترقی ہوگی۔ میں چاہتا ہوں کہ ہمارے گاؤں میں کالج قائم ہو جس میں معیاری تعلیم دی جا سکے تاکہ ہمارے گاؤں کے بچے شہر کا رخ نہ کریں۔ ایک معیاری ہسپتال بھی یہاں قائم کیا جائے گا جس میں ہر طرح کی طبی سہولت موجود ہوگی۔

ہمارے گاؤں کی سڑکیں ابھی تک کچی ہیں انہیں پکی سڑکوں میں تبدیل کیا جائے گا اور گھر گھر بجلی ہوگی اور ہر گلی میں بجلی کے کھمبے لگوائے جائیں گے۔تو بھائیو اور بہنو! آپ اپنا قیمتی ووٹ مجھے دیں اور کامیاب بنائیں۔آپ کا ووٹ گاؤں کی ترقی کیلئے ہوگا۔بس مجھے اور کچھ نہیں کہنا ہے۔ جئے ہند''۔ دیپک نے اپنی تقریر ختم کی اور ڈائس سے نیچے اتر کر اپنی گاڑی کی جانب بڑھنے لگا۔گاؤں کے عوام کی بھاری تعداد آج کے جلسہ میں موجود تھی اور وہ مطمئن تھا کہ آج کا جلسہ کامیاب رہا اور اس نے گاؤں کے عوام کے ذہنوں میں اپنے لئے کچھ نہ کچھ جگہ ضروری بنالی ہے۔اس کے ساتھی اور پارٹی رفقاء اس کے ساتھ تھے اور ہر ممکن مدد کرنے تیار تھے۔

دیپک کا بچپن اسی گاؤں میں گذرا تھا۔اس کے پتا لکشمی نارائن اور ان کے پُرکھے اسی گاؤں میں پلے بڑھے اور یہیں کی مٹی ان کا مقدر بنی تھی۔لکشمی نارائن نے چند ایکڑ اراضی یہاں رکھ چھوڑی تھی جس پر اسی گاؤں کے کسان کھیتی کرتے تھے اور جو بھی فصل آتی ،اس کا آدھا ان کے حصے میں دے دیا کرتے۔ لکمشی نارائن کے دیہانت کے بعد دیپک کی ماں انورادھا نے شہر کا رخ کیا اور ایک چھوٹا سا مکان کرائے پر لے کر یہاں منتقل ہوگئیں۔چونکہ دیپک اب جوانی کی دہلیز پر قدم رکھ رہا تھا اور یہاں اعلیٰ تعلیم کے مواقع تھے۔ دیپک سے چھوٹی ایک بہن تھی شرمیلا جو ابھی ہائی اسکول کی طالب علم تھی۔دیپک نے جب انٹرمیڈیٹ اچھے نشانات سے کامیاب کیا تو انورادھا نے اسے انجینئرنگ کی تعلیم حاصل کرنے کا مشورہ دیا پھر اس نے عثمانیہ یونیورسٹی سے انجینئرنگ کی ڈگری حاصل کی۔یہاں اسٹوڈنٹ یونین کے انتخابات میں اس نے حصہ لیا اور صدر یونین منتخب ہوا۔یہیں سے اس کے خون میں سیاسی جراثیم داخل ہوئے جو وقتاً فوقتاً اسے سیاست میں داخلہ لینے کیلئے اکسایا

کرتے۔اس کے دوستوں کا حلقہ بھی بہت وسیع تھا جن میں چند سیاسی جماعتوں سے بھی وابستہ تھے اور اسے آنے والے 2014ء کے الیکشن میں حصہ لینے کیلئے اکسایا کرتے۔ آہستہ آہستہ وہ بھی اس رخ پر سوچنے لگا۔

اب جبکہ ریاست آندھراپردیش بھی تقسیم ہوکر دو ریاستوں میں بٹ رہی تھی اور بھارت کی انتیسویں 29 ریاست تلنگانہ وجود میں آرہی تھی تو دیپک کے دوستوں نے اسے مشورہ دیا کہ یار جبکہ تیرا تعلق تلنگانہ سے ہے تو کیوں نہ تو بھی اس بار الیکشن لڑکر تلنگانہ کی ترقی میں اپنا حصہ ادا کرے۔دوستوں کے مشورے پر وہ راضی تو ہوگیا لیکن الیکشن لڑنا کوئی معمولی بات تو نہ تھی اس کیلئے بے شمار دولت کی ضرورت ہوتی ہے۔روپیہ پانی کی طرح بہانا پڑتا ہے۔صرف ٹکٹ حاصل کرنے کیلئے ہی لاکھوں خرچ کرنا ہوتا ہے۔ بہت غور وخوص کے بعد اس نے یہ طے کرلیا کہ اس بار الیکشن ضرور لڑے گا۔اس کیلئے اس نے ماں سے بات کی ۔''ماں میں اور میرے دوست چاہتے ہیں کہ اس بار میں الیکشن لڑوں اور ایسے اسمبلی حلقہ سے لڑوں جس میں ہمارا گاؤں بھی شامل ہو۔اگر میں الیکشن جیت لیتا ہوں تو پھر ہمارے گاؤں کو ایک مثالی گاؤں میں بدل دوں گا''۔

دیپک کی ساری بات سن کر ماں نے کہا''لیکن بیٹا۔الیکشن لڑنا کوئی معولی بات نہیں ہے۔اس میں روپیہ پانی کی طرح بہانا پڑتا ہے۔تم تو جانتے ہی ہو کہ ہماری ضرورتیں کس طرح پوری ہوتی ہیں ۔ اگر تمہارے پتا جی گاؤں میں چند ایکڑ اراضی نہ رکھ چھوڑے ہوتے تو ہمارے لئے جینا بھی محال ہوتا۔وہی اراضی ہے جو ہمیں دووقت کی روٹی مہیا کراتی ہے۔اور تمہاری اور تمہاری بہن کی تعلیمی ضرورتیں بھی پورا کرتی ہے اور پھر تم نے ابھی ابھی اپنی تعلیم مکمل کی ہے۔یہ سیاست ہمارے لئے نہیں ہے بیٹا۔یہ کام دولت مند لوگوں کا ہے۔

میں کہتی ہوں کہ یہ خیال تم دل سے نکال دو‘‘۔ انورادھا نے اسے سمجھانے کی کوشش کی۔ ’’لیکن ماں۔ ہمارے پاس دس ایکڑ زمین ہے۔ میں چاہتا ہوں کہ صرف دو ایکڑ زمین بیچ کر یہ الیکشن لڑوں۔ تم دیکھنا اگر میں جیت جاؤں گا تو سمجھو ہمارے بُرے دنوں کا خاتمہ ہو گیا اور اچھے دن ہمارے منتظر ہوں گے اور دولت ہمارے پیروں میں ہوگی‘‘۔ یہ سن کر ماں نے کہا ’’بیٹا ہمیں اپنی محنت کی روٹی پر بھروسہ کرنا چاہئے‘‘۔

دیپک کی ضد کے آگے ماں نے ہتھیار ڈال دیئے۔ اور دیپک دو ایکڑ زمین بیچ کر الیکشن میں حصہ لینے کی تیاری کرنے لگا۔ دوستوں کی کوششوں سے اسے تلنگانہ ہی کی ایک سیاسی جماعت کا ٹکٹ مل گیا اور وہ بھی اسی انتخابی حلقہ کا جس میں اس کا آبائی گاؤں شامل تھا۔ اور آج وہ اپنے ہی گاؤں میں الیکشن کے جلسے سے خطاب کر کے لوٹ رہا تھا۔

سارے ہندوستان میں الیکشن کی گہما گہمی تھی۔ ساری ریاست آندھرا پردیش‘ تلنگانہ اور سیما آندھرا کے علاقوں میں انتخابی جلسے منعقد ہو رہے تھے۔ ہر پارٹی اپنی مخالف پارٹی پر الزامات کی بوچھار کر رہی تھی۔ کوئی فرقہ پرستی کے نام پر ووٹ مانگ رہا تھا تو کوئی فرقہ وارانہ ہم آہنگی اور سیکولرازم کے نام پر۔ مذہبی رہنما بھی اپنی اپنی دکانیں چمکا رہے تھے اور اقلیتی ووٹ کی قیمت جتا رہے تھے، اقلیتیں پریشان تھیں کہ آخر بھروسہ کریں تو کس پر کیونکہ گذشتہ پچاس ساٹھ سال میں انہوں نے جس پارٹی پر بھروسہ کیا تھا اس نے انہیں سوائے دھوکے کے کچھ نہیں دیا تھا۔ ان کی معاشی پسماندگی ساٹھ سال پہلے جہاں تھی آج بھی وہیں کھڑی تھی۔ پھر الیکشن کا وہ دن بھی آ گیا جس دن نیتاؤں کی قسمت کا فیصلہ ہوتا ہے۔ پولنگ ہوئی۔ عوام نے بہت جوش وخروش کا مظاہرہ کیا اور بھاری تعداد میں اپنا حق رائے دہی کا استعمال کیا۔ جس دن نتائج کا اعلان ووٹوں کی گنتی کے بعد ہونے والا تھا۔ دیپک

اپنے دوستوں کے ہمراہ گنتی کے مرکز پر پہنچ گیا۔ تقریباً دن کے تین بجے گنتی ختم ہوئی اور جب نتیجہ کا اعلان ہوا تو اس کا کٹر حریف اس سے تیس ہزار سے زائد ووٹوں سے جیت گیا تھا!

دیپک ایک ہارے ہوئے جواری کی طرح جب لوٹ رہا تھا تو راستہ میں اس کی نگاہ شاہراہ سے دور ایک نیم کے درخت پر پڑی جس کے سائے میں ایک کسان چادر بچھائے اپنے لڑکے کے ساتھ نیند کی گہری وادیوں میں پہنچ گیا تھا۔ وہ اپنی کار روک کر اس کے پاس پہنچ گیا جس کے قریب توشہ دان رکھا تھا۔ اس نے اسے جگایا اور پوچھا ''کاکا بہت میٹھی نیند سو رہے ہو؟ یہ سن کر کسان نے جواب دیا ''ہاں بیٹا دھوپ میں کام کرنے کے بعد محنت کی دو روٹی کھانے اور ندی کا میٹھا پانی پینے کے بعد میٹھی نیند آ ہی جاتی ہے۔ یہ بات تم نہیں سمجھ سکو گے!! اور وہ سوچنے لگا '' کاکا نے کتنی گہری بات ہی ہے'' پھر اسے اپنی ماں کی کہی ہوئی بات یاد آ گئی۔ ''بیٹا! ہمیں اپنی محنت کی روٹی پر بھروسہ کرنا چاہئے''۔

×××

......کس چڑیا کا نام ہے

وہ اپنے دوستوں کے ساتھ بار میں بیٹھا شراب کے جام سے آہستہ آہستہ چسکیاں لے رہا تھا۔اس کے دوستوں کا گروپ ایک دوسرے سے باتوں میں مصروف تھا۔ یک بیک بلرام سنگھ کے موبائیل پر میوزک بج اٹھی اور وہ فون لے کر بار کے ایک ایسے حصے میں چلا آیا جہاں کوئی اور موجود نہ تھا۔اس نے فون کے ریسور کا بٹن دبایا اور ہیلو کہا۔دوسری جانب سے کہا جانے لگا''بلرام سنگھ میں پٹور دھن بول رہا ہوں۔میری بات غور سے سنو'' پھر اس کے بعد ایک ہی جانب سے بات جاری رہی اور بلرام سنگھ بس''جی اچھا'' ہاں جناب ٹھیک ہے، میں سب کچھ سنبھال لوں گا کہتا رہا اور پھر فون بند ہونے سے پہلے اس نے کہا ''آپ فکر نہ کریں، آپ نے جیسا کہا ہے بس ویسا ہی ہوگا اور اس نے فون بند کر دیا۔وہ واپس اسی ٹیبل پر چلا آیا جہاں اس کے دوست بے فکری سے شراب کی بوتلیں خالی کر رہے تھے بلرام سنگھ نے اپنی نشست سنبھالی اور اپنا جام ہاتھ میں لے لیا لیکن اس کے چہرے پر فکر کی پرچھائیاں لہرا رہی تھیں وہ مختلف سوچوں میں گھر چکا تھا۔موسم سرد ہونے اور ایر کنڈیشنڈ بار میں بیٹھنے کے باوجود اس کی پیشانی پر پسینے کی بوندیں ابھر آئی تھیں۔اس کا ذہن کہیں اور کھویا ہوا تھا۔اس کی اس کیفیت کو دیکھ کر اس کے دوست مختلف سوالات کرنے لگے۔''کیا ہوا یار، کس کا فون تھا، تم کچھ پریشان لگ رہے ہو، سب کچھ ٹھیک تو ہے نا؟'' ہر دوست اپنے

اپنے سوالوں کی بوچھار اس پر کرنے لگے تھے۔اس نے ان سب کو خاموش رہنے کا اشارہ کیا تو وہ سب کچھ دیر بعد اپنے اپنے جام خالی کر کے باہر چلے آئے۔ بلرام سنگھ بل ادا کر کے باہر چلا آیا۔ پھر وہ اپنے دو ایک با اعتماد ساتھیوں کو اپنے ہمراہ لئے ساحل سمندر چلا آیا۔ یہاں پہنچ کر وہ اور اس کے دو ساتھی ایک خالی بنچ پر بیٹھ گئے۔ یہاں کا سماں بہت پرسکون تھا۔ دور آسمان کی وسعتوں میں چاند آہستہ آہستہ تھرک رہا تھا اور تاروں نے کہکشاں سجائے رکھی تھی۔ سمندر کے پانی میں دور تک ان کا عکس پھیلا ہوا تھا اور بہت دلفریب لگ رہا تھا۔اس پُرکیف منظر سے پرے بلرام سنگھ سوچ کے اتاہ سمندر میں غوطہ زن تھا۔ یہ دیکھ کر بلدیو نے اس سے پوچھا ''کیا بات ہے یار تمہیں میں پہلی بار اتنا فکر مند دیکھ رہا ہوں۔'' ''ہاں بلدیو بات ہی کچھ ایسی ہے۔ پارٹی کے صدر پٹوردھن صاحب نے مجھے ایک ایسا کام سونپا ہے کہ کچھ سمجھ میں نہیں آ رہا ہے کہ اسے میں کس طرح انجام دوں اور پھر وقت بھی کم ہے۔ صرف تین دن بعد یہ کام انجام دینا ہے۔ پٹواردھن صاحب نے کہا کہ پارٹی ہائی کمان کا یہ حکم ہے اور اس کام کے پورا ہونے پر پارٹی کو اس کا بے حد فائدہ ہوگا کیونکہ بہت قریب ریاستی اسمبلی الیکشن ہیں۔لیکن یہ کام بڑا جوکھم بھرا ہے۔ میں نے اس کام کے کرنے کی ذمہ داری تو لے لی ہے لیکن یہ کام میں کیسے کر پاؤں گا۔یہی سوچ کر میں پریشان ہوں''۔بلرام سنگھ نے کہا۔

''ارے یار ہم لوگ کس مرض کی دوا ہیں۔ ہم سب دوست تمہارے ساتھ ہیں۔تم کہہ کر تو دیکھو ہم تمہارے لئے اپنی جان بھی دے سکتے ہیں''۔! ''بلدیو نے کہا تو اس کے ایک اور دوست راج کشور نے بھی اس کی ہاں میں ہاں ملائی۔

''ٹھیک ہے بلدیو ہم لوگ کل شام یہیں پر ملیں گے۔ آج رات میں کسی نہ کسی طرح اس گتھی کو سلجھانے کی کوشش کروں گا''!بلرام سنگھ نے کہا۔ پھر اُن تینوں نے وہاں سے اُٹھ کر اپنی اپنی راہ لی۔

بلرام سنگھ کچھ زیادہ پڑھا لکھا نہ تھا لیکن بچپن ہی سے اسے سیاست سے لگاؤ تھا اور وہ بہت بڑا لیڈر بننے کے خواب دیکھا کرتا تھا۔ وہ دسویں جماعت میں کئی بار فیل ہو چکا تھا۔ بالآخر اس نے تعلیم کو خیر باد کر دیا۔ ماں باپ کھیتوں میں مزدوری کر کے پیٹ کی آگ بجھانے کا انتظام کر لیتے تھے۔ اسے یہ سب کچھ اچھا نہیں لگتا تھا۔ وہ اپنے خوابوں کی تعبیر تلاش کرنے گاؤں چھوڑ کر شہر چلا آیا تھا اور شہر میں چھوٹے موٹے کام کرتے کرتے کچھ پیسہ جمع کر کے ٹھیکے داری کی لائن اختیار کر لیا تھا۔ اسی لائن میں اس کی ملاقات بڑے ٹھیکہ داروں سے بھی ہوتی رہتی تھی جن میں اکثر سیاسی جماعتوں سے وابستہ تھے۔ وہ بھی اپنے ایک دوست کی وساطت سے ایک سیاسی جماعت میں شامل ہو گیا جو کئی برسوں سے اقتدار حاصل کرنے کی متمنی تھی۔ وہ اپنی بھرپور وفاداری کے سبب بہت جلد ضلعی صدر کے خاص گرگوں میں شمار ہونے لگا۔ جب کبھی چھوٹے یا بڑے الیکشن ہوتے وہ اپنی پارٹی کیلئے جان توڑ محنت کرتا۔ یہی وجہ تھی کہ ضلعی صدر کی وہ ناک کا بال کہلانے لگا تھا۔ ضلعی صدر پٹوردھن جی تھے جو اسے بہت چاہتے تھے اور پارٹی کا ہر اہم کام اسی سے لیا کرتے تھے۔

گاؤں میں بلرام سنگھ کی ماں کا دیہانت ہو چکا تھا اور اس کے پتا جی نے دوسری شادی کر لی تھی۔ ایک بہن سریتا تھی جو اس سے عمر میں بہت بڑی تھی اور شادی کے بعد وہ دوسرے گاؤں میں اپنے پتی اور بچوں کے ساتھ رہتی تھی۔ بلرام سنگھ نے یہیں شہر کی ایک لڑکی سے شادی کر لی تھی اور اسے بھگوان نے ایک لڑکا اور ایک لڑکی دو اولادیں دی تھیں۔ لڑکا شیام سنگھ بہت ذہین تھا اور انٹرمیڈیٹ میں نمایاں کامیابی حاصل کیا تھا پھر مقابلے کے امتحان کے بعد اسے یونیورسٹی میں انجینئرنگ کورس میں داخلہ مل گیا تھا۔ جسے دیکھ کر بلرام سنگھ بہت خوش ہوتا تھا۔ بیٹی شرمیلا ابھی نویں جماعت کی طالبہ تھی۔ بلرام سنگھ دسویں فیل

ضرور تھا لیکن سیاسی داؤ پیچ میں ماہر تھا۔ وہ اس لئے بھی خوش قسمت رہا تھا کہ اس کی پتنی نرملا گریجویٹ تھی اور اپنے بچوں کی تعلیم اور تربیت کا خاص خیال رکھتی تھی۔ وہ بہت سلیقہ مند بھی تھی جس کا ثبوت اس کا سجا سجایا گھر تھا۔ بلرام سنگھ کے دوست اس سے اکثر کہا کرتے کہ تم واقعی خوش نصیب ہو کہ تمہیں نرملا جیسی پتنی ملی ہے۔

پروگرام کے مطابق اگلے دن بلرام سنگھ اور اس کے دونوں دوست ساحلِ سمندر پر اسی جگہ جمع ہو گئے جہاں وہ ایک دن قبل بیٹھے تھے۔ بلرام سنگ نے بلدیو کو سارا ماجرا سنایا اور پھر اپنا منصوبہ بھی بتایا جو کہ ساری رات جاگ کر اور سوچ سوچ کر اس کے ذہن نے ترتیب دیا تھا۔ سارا منصوبہ سن کر بلدیو نے کہا کہ یہ کام دو یا تین آدمی سے ہونا ناممکن ہے۔ اس کیلئے ہمیں چند اور ساتھیوں کی ضرورت ہوگی۔!''

بلدیو تم اس کی فکر چھوڑ دو''بلرام سنگھ کچھ دیر سوچ کر بولا'' چند آدمی میں اکٹھا کرلوں گا لیکن ان کے علاوہ بھی ہمیں بہت سے لوگوں کی ضرورت پڑے گی جو ہمارے ہم خیال ہوں۔!'' پھر کچھ دیر بعد اس نے کہا''اس کیلئے بھی میرے پاس ایک تجویز ہے۔ جسے رازداری کے انداز میں اس نے بلدیو اور راج کشور کو بتا دیا۔ پھر ان تینوں نے اس منصوبہ پر عمل کرنے کی ٹھان لی لیکن اور دو دن انہیں انتظار کرنا تھا۔

بلرام سنگھ دوستوں سے چھٹ کر جب گھر پہنچا تو اس کی بیوی فکرمندانہ انداز میں کرسی پر دراز تھی اور بلرام سنگھ کو دیکھتے ہی اٹھ بیٹھی اور کہا''آپ آ گئے میں آپ ہی کی راہ تک رہی تھی۔ آپ منہ ہاتھ دھولیں میں آپ کیلئے چائے بنا کر لاتی ہوں۔!'' یہ کہہ کر وہ کچن کی جانب چلی گئی۔

بلرام سنگھ منہ ہاتھ دھو کر اور تازہ دم ہو کر آ بیٹھا تو نرملا چائے اور کچھ نمکین لئے

آ بیٹھی ۔ چائے کے دوران اس نے کہا ''آپ کو اپنی پارٹی اور زمانے بھر کی تو فکر لگی رہتی ہے لیکن اپنی اولاد کیلئے آپ کے پاس تھوڑا سا بھی وقت نہیں ۔'' ''یہ تم کیا کہہ رہی ہو مجھے کچھ سمجھ میں نہیں آ رہا ہے۔ صاف صاف بتاؤ کہ بات کیا ہے۔؟''

اپنا شیام سنگھ آج کالج کے کچھ سینئر ساتھیوں سے ہاتھا پائی کر کے لوٹا ہے کہہ رہا تھا کہ اس کے سینئر ساتھی وہ کیا کہتے ہیں کہ ریاگنگ کے ذریعہ اس کی ناک میں دم کر رکھے ہیں اور اسے ہر روز ستایا کرتے ہیں ۔!''

یہ سنتے ہی وہ بپھر گیا ''کیا کہہ رہی ہو۔ کس کی مجال ہے کہ رام سنگھ کے بیٹے شیام سنگھ کو ستائے ۔ کون ہیں وہ سینئر ساتھی میں انہیں ایسا سبق سکھاؤں گا کہ ریاگنگ ویاگنگ سب بھول جائیں گے ۔ کہاں ہے شیام سنگھ وہ اپنے کلاس کے ساتھی کے پاس پڑھنے گیا ہے!'' نرملا نے کہا تو وہ سن کر چپ ہو گیا اور سوچنے لگا۔

دوسرے دن اقلیتی طبقہ کا تہوار تھا۔ سارے علاقے میں لوگ ایک دوسرے سے مل کر مبارکباد دے رہے تھے ۔ بلرام سنگھ بھی اپنے ساتھیوں کے ساتھ اقلیتی برادری کے لوگوں سے ملاقات کر کے عید کی گرمجوشانہ مبارکباد دیتا رہا۔ رات پرسکون گزری اور لوگ گہری نیند سوتے رہے۔

عید کے دوسرے دن حسبِ منصوبہ بلرام سنگھ اور اس کے ساتھیوں نے سارے علاقے میں یہ افواہ پھیلا دی کہ اقلیتی فرقے کے لوگ ان کے مذہبی جذبات کا خیال کئے بغیر ایسے جانور کی قربانی دی اور اس کا گوشت استعمال کیا جوان کیلئے مذہبی اعتبار سے ماں کا درجہ رکھتی ہے ۔ اس افواہ نے اپنا کام کیا اور اکثریتی طبقے کے لوگ غصے اور جوش کے عالم میں جمع ہونا شروع ہو گئے اور پھر اقلیتی طبقے کے ایک مکان پر حملہ بول دیا اور مکین کو اتنا

زدوکوب کیا کہ موقع واردات پر ہی گھر کے ایک ضعیف شخص کی موت واقع ہوگئی۔ اس واردات کے ہوتے ہی بلرام سنگھ اور اس کے ساتھی خفیہ طور پر نقل مقام کر بیٹھے۔ اور پولیس نے حسب معمول اپنی ساکھ بچانے کیلئے چند بے قصور مقامی نوجوانوں کو حراست میں لے لیا تھا۔ شائد اس واردات کا اثر تھا کہ سارے علاقوں میں فضا یک بیک سوگوارسی ہوگئی تھی اس واقعہ پر ہر دردمند دل تڑپ اٹھا تھا اور انسانیت چیخ اٹھی تھی کہ شرپسندوں نے ملک کے اقدار کی دھجیاں اڑادی تھیں۔ ساتھ ہی ریاستی حکومت داغدار ہوگئی تھی۔

اس واقعہ کے وقوع پذیر ہونے کے بعد ملک کے بعض دیگر علاقوں میں بھی اسی نوعیت کے واقعات ہونے لگے تو ملک کا دانشور اور امن پسند طبقہ ملک میں پھیلتی جارہی عدم رواداری پر حکومت اور اقتدار سنبھالی ہوئی پارٹی کو ذمہ دار ٹھیرانہ شروع کیا۔ بعض مصنفین اور فنکاروں نے بطور احتجاج اپنے اپنے ایوارڈز واعزازات واپس کر کے پارٹی ذمہ داران کو یہ احساس دلایا کہ ملک میں بڑھتی ہوئی عدم رواداری سے عالمی سطح پر ملک کی ساکھ متاثر ہورہی ہے اور بدنامی بھی ہونے لگی ہے۔ اور سچ بولنے اور حقیقت بیانی پران کی آواز کو دبانے کی کوشش کی جانے لگی ہے۔ اور برسراقتدار پارٹی کے وزراء اپنی بیان بازی سے یہ واضح کرنے کی کوشش کرنے لگے کہ ملک میں ایسی کوئی بات نہیں بلکہ ہمارا ملک ترقی کی راہ پر گامزن ہے۔ اس بات کا اس سے بہتر ثبوت اور کیا ہوسکتا ہے کہ ہمارے ملک کے وزیر اعظم کو بیرونی دوروں پر بلایا جاتا ہے اور وہ بڑے ہی اہتمام سے بیرونی دوروں پر جاتے ہیں اور اپنے ملک کے امن وفرقہ وارانہ ہم آہنگی کی مثال پیش کرتے ہیں۔

بلرام سنگھ اور اس کے ساتھیوں نے جب ضلعی صدر پٹوردھن صاحب سے ملاقات کی تو انہوں نے بلرام سنگھ کی پیٹھ تھپتھپائی کہ اس نے بڑی ہوشیاری اور بہترین

منصوبہ بندی سے وہ کام کردیا جس کی ذمہ داری اسے سونپی گئی تھی۔

جب اخباروں اور ٹیلی ویژن پر عدم روادری پر بڑے زوروشور سے بات ہونے لگی تو بلرام سنگھ کے موٹے بھیجے میں یہ بات اتر نہ پائی تھی۔ایک دن دوستوں کی محفل میں اس نے بلدیو سے پوچھا''یار آج کل ٹیلی ویژن اور اخبارات میں ملک میں پھیلتی جارہی ''عدم رواداری'' کا بڑا شوروغل ہے یہ سالی ہے کس چڑیا کا نام؟ بلدیو نے جو بلرام سے پیگ دو پیگ زیادہ ہی چڑھالی تھی کہا''چھوڑ یار۔ یہ رواداری یا عدم روادری سے اپن کا کیا کام۔؟ یہ تو ملک کے تعلیم یافتہ لوگوں کا کام ہے۔!''

لیکن تھوڑے ہی دنوں بعد بلرام سنگھ کو''عدم روادری'' کے معنی اور مفہوم سمجھ میں آگئے جب پولیس نے اس کے گھر پر پہنچ کر یہ اطلاع بہم پہنچائی کہ یونیورسٹی طلباء کے ایک تشدد پسند گروپ نے اس کے بیٹے شیام سنگھ پر حملہ کر کے اسے موت کے گھاٹ اتاردیا کیونکہ اس نے اپنے چند ساتھیوں کے ساتھ مل کر کالج میں ریاگنگ کے خلاف آواز اٹھائی تھی۔!!

×××

دل کی وادی میں

اللہ رب العزت کے بعض فیصلے ایسے بھی ہوتے ہیں کہ انسانی عقل انہیں دیکھ کر دنگ اور حیرت زدہ رہ جاتی ہے۔اس کے ساتھ بھی ایسا ہی ہوا۔!

آخر شب
دل کی وادی میں
شبنمی سی نمی
فضا میں چھانے لگی
یاد رہ رہ کہ ان کی آنے لگی
اک اُداسی سی
دل پہ چھانے لگی
دُکھ بھرے نغمے
دُکھ بھری باتیں
یہ ہوا آج پھر سنانے لگی
شدتِ غم کو پھر بڑھانے لگی

تازہ پھر دل کے زخم ہونے لگے

ٹھیس سی اٹھنے لگی پھر دل میں

ایسے میں

کاش آ جائے غم گسار کوئی

رکھنے مرہم کو

دل کے زخموں پر

آخر شب

دل کی وادی میں

شیما عروج کی یہ نظم آج جب ''روز نامہ اعتماد'' حیدرآباد کی ویب سائیٹ پر عمران نے ادبی صفحہ ''اوراق ادب'' پر جب پڑھی تو ایک عجیب سا اضطراب اس کے وجود میں پھیلنے لگا۔ اس نظم کا ایک ایک لفظ گویا اس کے دل پر ضرب کاری لگانے لگا اور کانٹے سے اسے چھبنے لگے اس نظم کے ایک ایک لفظ میں پھیلے شیما عروج کے درد کو وہ محسوس کیے بنا نہ رہ سکا۔ آج کمپنی کے آفس میں اپنے اجلاس میں اپنی کرسی سے پشت لگائے بہت دیر تک اپنی آنکھیں موندیں یہی سوچتا رہا کہ شیما عروج نے آخر یہ نظم کن حالات سے گزرتے ہوئے لکھی ہے کہ ہر لفظ سے درد و غم کی چنگاری سی نکل رہی ہیں جسے ہر پڑھنے والا محسوس کیے بنا نہیں رہ سکتا۔ اک بے چینی اور اضطراب سا اس کے وجود پر چھانے لگا اور عمران جیسے تیسے آج دفتری کام نپٹا کر اپنے رہائشی کمرے کو چلا آیا۔ نیم گرم پانی سے شاور لینے کے بعد وہ خود کو کچھ ترو تازہ اور بہتر محسوس کرنے لگا تھا کچن میں پہنچ کر ایک کپ گرم کافی تیار کی اور صوفہ پر بیٹھ کر کافی کی چسکیاں لیتے ہوئے اس نے موبائیل پر اپنے دوست کاشف کے نمبر

ملائے ۔ جیسے ہی رنگ ہوا دوسری جانب سے کاشف کی آواز آئی ''ہیلوعمران ۔ سب کچھ ٹھیک تو ہےفون کیوں کیا۔؟ کوئی خاص بات ہے۔!''

''ہاں یار طبیعت کچھ مضمحل سی ہے ۔تم اگر فری ہوتو میرے پاس آجاؤ۔ ہم دونوں سمندر کے کنارے چلیں گے ۔ رات کھانا ایک ساتھ ہوگا ۔ پھر واپس ہوجائیں گے۔!''عمران نے تفصیلی پروگرام کاشف کو بتاتے ہوئے اسے آنے کے لئے کہا۔!

''کوئی خاص مصروفیت تونہیں ہے ۔ چلوٹھیک ہے میں شام ساڑھے سات بجے تک تمہارے کمرے پر انشاءاللہ پہنچ جاؤنگا۔!''عمران نے کہااور پھرفون بند ہوگیا۔

عمران اور کاشف دونوں بہت گہرے دوست تھے ۔ دونوں کا تعلق شہرحیدرآباد سے تھا۔ دونوں نے ایک ساتھ ہی تعلیم حاصل کی تھی ۔ کاشف نے انفارمیشن ٹکنالوجی میں ڈگری لی تھی اورعمران بزنس مینجمنٹ میں ڈگری لینے کے بعد اکاونٹس میں بھی پروفیشنل ڈپلوما حاصل کیا تھا اور کمپنی میں جنرل مینیجر (اکاونٹس) کے عہدہ پر فائز تھا۔بغیر اس کی جانچ اور منظوری کے کمپنی سے ایک ریال بھی کسی اور کمپنی کو جاری نہیں ہوسکتے تھے۔اس کا کفیل اور کمپنی کا ڈائرکٹر اس کی قابلیت اور ایمانداری سے بہت متاثر تھا اور کمپنی کا سارا حساب کتاب اس پر چھوڑ رکھا تھا۔

کاشف بھی یہیں جدہ میں ایک اور کمپنی میں سافٹ ویر انجینئر تھا۔عمران کا نہ صرف وہ اچھا دوست تھا بلکہ اس کا غم گسار اور ہمراز بھی تھا۔عمران کاشف سے اپنی ہر اچھی بری بات شیئر کرتا اور اپنے جو مسائل ہیں وہ اس سے ڈسکس کرتا اور وہ دونوں پھر کسی نتیجہ پر پہنچتے اور عمران اس پر عمل کرتا اور آج جب شیما عروج کی نظم ''دل کی وادی میں'' اس نے انٹرنیٹ کے ذریعہ روزنامہ اعتماد کے ویب سائیٹ پر پڑھی تو عجیب اضطرابی کیفیت سے

دو چار ہو گیا۔ یہی وجہ ہے کہ آج اس نے پھر کاشف کو بلا لیا کہ اپنی اس کیفیت کا اظہار اس پر کر سکے۔

پروگرام کے مطابق کاشف وقت پر عمران کے کمرے پر پہنچ گیا جو کہ جدہ کے عزیزیہ علاقہ میں تھا پھر وہ دونوں ساحل سمندر ابھور کی طرف چل پڑے۔ یہ ساحل بطور تفریح گاہ تیار کیا گیا تھا جہاں ہر چھٹی کی شام فیملیز اپنے اپنے بچوں کے ہمراہ تفریح کیلئے آیا کرتی ہیں۔ یہاں سمندر حدِ نگاہ تک پھیلا ہوا تھا اور دور دور تک روشنیوں کا عکس بہت خوبصورت لگتا۔ کشتی رانی کا بھی انتظام تھا۔ شوقین حضرات اپنے بیوی اور بچوں کو کشتی میں بٹھا کر دور تک جا کر لوٹتے۔ معصوم بچے ریت کے گھروندے بنا کر کھیلا کرتے۔ زندگی کی گہما گہمی یہاں دیکھنے کو ملتی۔ بلند و بالا عمارتوں سے چھن کر آتی ہوئی روشنیوں کا عکس بھی سمندر کے پانی میں بہت بھلا لگتا۔ یوں لگتا جیسے وقت یہاں تھم گیا ہو اور زندگی اٹھکھیلیاں کر رہی ہو۔

ساحل پر پہنچ کر عمران نے اپنی کار ایک جگہ پارک کر دی اور وہ دونوں ایسے مقام پر جا بیٹھے جہاں نسبتاً لوگ کم تھے۔ ویسے بھی کام کے دن لوگ ساحلِ سمندر کو کم ہی آتے۔

''کہو عمران کیا آج کوئی خاص بات ہوگئی۔ تم کچھ بوجھل بوجھل سے لگ رہے ہو۔ تمہارے چہرے پر پھیلی پرچھائیاں تمہاری دلی کیفیت ظاہر کر رہی ہے۔!'' کاشف نے استفسار کیا۔

''ہاں یار۔ آج میں گھر لوٹ کر حسبِ معمول نیٹ پر جب روزنامہ اعتماد دیکھ رہا تھا تو دفعتاً میری نگاہ آج کے ادبی کالم میں شائع ہوئی شیما عروج کی نظم ''دل کی وادی میں'' پر پڑی اور جب میں نے پوری نظم پڑھ ڈالی تو نظم کے ایک ایک لفظ سے اس کے دل کے درد کا احساس ہونے لگا۔ پتہ نہیں وہ کس حال میں ہوگی۔ ایک عجیب سا اضطراب میرے اپنے وجود پر

چھانے لگا۔ درد کی ایک کسک سی محسوس ہونے لگی اور رہ رہ کے یہ خیال آنے لگا کہ کاش میں اس کے قریب ہوتا اور اس کا درد بانٹ سکتا۔''عمران نے اپنی دلی کیفیت کا اظہار کاشف کے سامنے کیا۔

''لیکن عمران کیا اب یہ ممکن ہے جبکہ وہ اور تم دونوں علٰحدہ علٰحدہ منزلوں کے الگ الگ راستوں پر چل پڑے ہو اور اپنی اپنی منزلوں کو پہنچ چکے ہو۔ جیسا کہ تم نے بتایا تھا اس کی شادی کسی اور سے ہوگئی اور تم سے جدا ہو کر اپنے ساتھی کے ساتھ چل پڑی ہے اور غالباً ایک بڑا عرصہ ہو چکا تقریباً سات سال۔ اتنا طویل عرصہ گزرنے پر بھی غالباً تم اسے نہیں بھلا پائے۔ تم نے بتایا تھا کہ وہ ایک لڑکے کی ماں ہے۔!'' کاشف کچھ دیر خاموش رہا اور عمران کے چہرے کا بغور جائزہ لینے لگا۔ دراصل وہ اس کی باتوں کے تاثرات اس کے چہرے پر تلاش کرنے لگا تھا۔ کچھ دیر توقف کے بعد اس نے اپنی بات جاری رکھی۔ اور عمران پھر تم نے بھی ایک ساتھی تلاش کر لیا تھا۔!''

''ہاں کاشف کیا تھا لیکن سمجھو کہ وہ میں نے حالات سے سمجھوتہ کیا تھا اور امی کی ضد اور اصرار کے آگے خود کو بے بس جانا تھا۔ وہ پتہ نہیں کیوں عروج کو پسند نہیں کرتی تھیں اور چاہتی تھیں کہ میری شادی اپنی بہن یعنی میری بڑی خالہ کی لڑکی ثنا سے ہو جائے۔ حالانکہ وہ جانتی تھیں کہ میں عروج سے بے انتہا پیار کرتا ہوں اور اسی کو اپنی شریک حیات کے روپ میں دیکھنا چاہتا ہوں لیکن امی نہیں مانی۔ تمہیں شائد میں نے پہلے کبھی یہ نہیں بتایا کہ شادی سے قبل عروج نے مجھے ایک تحریر لکھی تھی۔ اس خط کو اس نے ان چار مصرعوں سے شروع کیا تھا اور اپنے دل کا درد ان چار لائینوں میں نچوڑ کر رکھ دیا تھا۔ ع

شام جب سنورتی ہے تم کو یاد کرتی ہوں

زندگی بکھرتی ہے تم کو یاد کرتی ہوں

تم کو بھولنے کی کوششیں ہزاروں ہیں

تم کو بھول کر بھی تم کو یاد کرتی ہوں

اور پھر اس خط کے ایک ایک لفظ میں اپنا دل نکال کر رکھ دیا تھا اس نے۔اس کی تحریر بعض جگہوں پر پھیل بھی گئی تھیں۔غالباً خط تحریر کرتے ہوئے وہ اپنے آنسوؤں پر قابو نہ رکھ پائی ہو اور آنسوؤں کے قطرے اس تحریر پر ٹپک پڑے ہوں۔اپنی تحریر کے اختتام پر اس نے ایک شعر بھی لکھا گویا اس کے بعد پھر شائد یہ ہماری ملاقات نہ ہو پائے۔اس نے جو شعر تحریر کیا تھا شائد وہ ہماری آخری ملاقات تھی اس تحریر کے ذریعہ سے۔ع

مجھ کو غم حالات کی تصویر سمجھنا

اس خط کو مری آخری تحریر سمجھنا

اور کاشف وہ خط آج بھی میرے پاس محفوظ ہے۔جب کبھی بھی اس کی یاد آتی ہے میں وہ خط نکال کر پڑھتا ہوں اور یادوں کے گہرے سمندر میں ڈوبنے لگتا ہوں۔اور تمہیں پتہ ہے محض امی کی ضد نے اسے مجھ سے جدا کر دیا تھا۔وجہ کچھ نہ تھی۔حالانکہ وہ خوبصورت تھی تعلیم یافتہ سائنس میں گریجویشن بھی کیا تھا۔نہ صرف یہ کہ پکوان میں ماہر تھی بلکہ گھر کی ہر چیز سے اس کا سلیقہ جھلکتا تھا۔ان تمام اوصاف کے باوجود انہوں نے اپنی بہن کی لڑکی ثنا کو عروج پر ترجیح دی تھی۔لیکن کیا ہوا۔بعد میں وہ صرف کفِ افسوس ملتی رہ گئیں۔ثناء ان کے معیار پر پوری نہ اتر سکی۔میں نے امی کی خواہش کے احترام میں ثنا سے شادی ضرور کی لیکن اس نے کبھی بھی یہ کوشش نہ کی کہ میرے دل میں اپنی جگہ بنا سکے۔اس نے بھی کامرس میں گریجویشن کیا تھا لیکن وہ ایک پھوہڑ قسم کی لڑکی تھی۔نہ ہی کچھ پکانے کے قابل تھی اور نہ کچھ

سلیقہ تھا کہ گھر کو کس طرح سجا کر رکھا جا سکتا ہے۔ وہ بس باہر کھانے کی شوقین تھی اور ہر وقت کچھ نہ کچھ شاپنگ کے پروگرام بناتی اور بازاروں میں گھومتی رہتی۔ امی اسے لاکھ سمجھاتیں لیکن وہ ان کی باتوں کو اہمیت نہ دیتی۔ امی کو شائد اسی بات کا دکھ تھا کہ ان کی ضد نے بیٹے کی زندگی برباد کر دی تھی۔ اسی غم کو انہوں نے اپنے سینے سے لگا لیا اور شاید اسی غم کے زیر اثر وہ زیادہ دن جی نہ سکیں۔ ایک رات ایسا سوئیں کہ پھر صبح کی خبر نہ لی۔ اپنے مالک حقیقی سے جاملیں۔!!'' عمران کی آواز بھاری ہو چلی تھی اور اس کی پلکیں بھی بھیگ چکی تھیں۔ وہ ایک آہ سرد لے کر کچھ دیر خاموشی سے سر جھکائے بیٹھا رہا۔

''لیکن عمران اللہ تعالیٰ ہی کے فیصلے ہوتے ہیں جس کے آگے انسان خود کو بے بس محسوس کرتا ہے اور اس کے فیصلوں میں کچھ نہ کچھ مصلحت پنہاں ہوتی ہے جو ہم بندے جان نہیں پاتے''۔! کاشف نے اس کے دکھ اور غم کو کچھ کم کرنے کی غرض سے کہا۔!

''ابو تو پہلے ہی اس دنیا کو چھوڑ چکے تھے۔ شاید اس وقت میں دس یا بارہ سال کا تھا۔ پھر امی ہی نے اپنے بچوں کو سنبھالا۔ بہت محنتی، سلیقہ شعار اور اللہ پر بھروسہ رکھنے والی باہمت خاتون تھیں۔ جو کچھ ذرائع آمدنی تھی اسی سے انہوں نے مجھے اور مجھ سے چھوٹی دو بہنوں کی پرورش کی اور اچھی تعلیم دلوائی۔ آج مجھ سے چھوٹی بہن سمیرہ شادی کے بعد اپنے شوہر کے ساتھ امریکہ میں مقیم ہے اور قابل رشک زندگی گزار رہی ہے اور سب سے چھوٹی بہن ثمرین ہے جو مجھ سے بے حد پیار کرتی ہے میرے ہر دکھ ہر درد کو سمجھنے کی کوشش کرتی ہے۔ اس کی بھی شادی ہو چکی ہے اور وہ اپنی سسرال میں پُرسکون زندگی گزار رہی ہے۔ اس کے شوہر حیدر آباد ہی میں کامیاب بزنس مین ہیں۔ اسے دو بچے ہیں۔ ایک لڑکا اور ایک لڑکی۔ امی کے گزرنے کے بعد گویا سارہ گھر ویران سا ہو گیا ہے۔ سناٹے کا راج ہے۔ اب گھر پر دو

ایک ملازمہ ہیں جو گھر کی دیکھ بھال کرتی ہیں۔ کبھی کبھار ثمرین کچھ دنوں کیلئے آ جاتی ہے تو گھر میں رونق لوٹ آتی ہے۔''

''کیا ثنا بھابھی گھر پر نہیں رہتیں''۔ کاشف کا سوال حسب امید تھا۔

''نہیں۔ وہ اب ہمارے گھر نہیں رہتی کیونکہ میں نے اس سے سارے رشتے منقطع کر لئے ہیں۔ تمہیں پتہ ہے درد اگر سینے میں ہو تو اتنی تکلیف نہیں ہوتی لیکن اگر وہ ذہن کے کسی گوشے میں چھپ جائے تو پھر وہ نہ تو جینے دیتا ہے اور نہ ہی مرنے۔ ثنا بھی میرے لئے ایک دردسر بنی ہوئی تھی۔ میں نے یہ بات تمہیں آج تک نہیں بتائی کہ گذشتہ سال جب میں چھٹی پر وطن گیا تھا تب میں نے اس کو بہت سمجھانے کی کوشش کی لیکن وہ اپنی حرکتوں سے باز نہ آئی۔ دراصل پیسے کی ریل پیل اور خالو جان کے بے جا لاڈ پیار نے اسے تباہی کے دہانے پر پہنچا دیا تھا۔ اس نے صاف لفظوں میں کہا میں بندشوں میں جینے والی لڑکی نہیں ہوں۔ میں ایک آزاد پنچھی کی طرح زندگی جینا چاہتی ہوں جہاں کوئی روک ٹوک نہ ہو۔ میں کسی طرح سے بھی شوہر کی غلامی نہیں کرسکتی آپ چاہیں تو مجھے آزاد کر دیں۔ میں اپنی مرضی سے اپنی زندگی جی لوں گی۔!'' اس کی باتیں سن کر مجھے اتنی تکلیف ہوئی کہ میں ٹوٹ کر بکھر سا گیا۔ پھر جیسا وہ چاہتی تھی میں نے ویسا ہی کیا۔ میں نے اس نکاح سے اسے آزاد کر دیا اسے طلاق دے دی اور یہاں واپس چلا آیا۔!''

کاشف واقعی یہ سن کر حیرت زدہ رہ گیا۔ اتنی اہم بات عمران نے اسے آج تک نہیں بتائی تھی۔ پھر اس نے عمران سے پوچھا ''اب تم کیا چاہتے ہو۔ کیا اسی طرح تنہا زندگی گزار دو گے یا پھر شادی وادی کا ارادہ ہے''۔

''ابھی میں نے کچھ طئے نہیں کیا ہے۔ دراصل میں ثمرین سے وہاں کے حالات اور عروج کے

حالات جاننا چاہتا ہوں۔اس کے بعد ہی کوئی فیصلہ کرونگا۔!''عمران نے کہا تو کاشف نے جواب میں کہا''ہاں تم اور تمہاری سوچ صحیح سمت پر ہے۔پہلے وہاں کے حالات معلوم کرو۔پھر صحیح نتیجہ پر پہنچ سکو گے۔!''واپسی میں دونوں نے ایک ہندوستانی بلکہ حیدرآبادی پکوان والی ہوٹل میں رات کا کھانا کھایا اور اپنے اپنے رہائشی علاقوں کی سمت رواں دواں ہو گئے۔!

دوسرے دن جب عمران سے ثمرین کی بات ہوئی تو ایک چونکا دینے والی خبر ثمرین نے اپنے بھائی کو پہنچائی۔کوئی چھ ماہ قبل شیما عروج کے شوہر فیصل کا ہارٹ اٹیک کے باعث انتقال ہو چکا تھا اور اب سفید بے داغ بیوگی کا لباس اس کا مقدر بن چکا تھا۔یہ خبر ملتے ہی عمران پھر ایک بار مضطرب ہو گیا اس کا ذہنی سکون تہس نہیں ہو گیا۔اس نے کاشف کو بھی اس دردناک سانحہ کی اطلاع دی۔یہ سن کر کاشف کو بھی دلی رنج ہوا۔پھر اس نے عمران کو مشورہ دیا کہ اب اسے جلد از جلد وطن حیدرآباد پہنچنا چاہئے تا کہ عروج کی کچھ خبر گیری کر سکے۔!

عمران نے چھٹی حاصل کی۔دو مہینے کی چھٹی لے کر وہ وطن کیلئے پرواز کر گیا۔اس نے ثمرین کو اپنے پروگرام سے آگاہ کیا اور تاکید کی کہ گھر پہنچ کر اپنی نگرانی میں صاف صفائی کراوئے۔جدہ ایرپورٹ پر کاشف نے اپنی نیک تمناؤں کے ساتھ اسے وداع کیا اور تاکید کی کہ فون پر اس سے بات کرتا رہے۔وطن پہنچنے کے بعد پہلے اس نے اپنے قریبی رشتہ داروں سے ملاقات کی۔اس کے بعد حیدرآبادی دوست بھی اس سے ہر روز ملاقات کرتے رہے۔

حیدرآباد پہنچنے کے تین دن بعد وہ شیما عروج سے ملاقات کیلئے گھر سے نکل پڑا۔شام ہونے کو تھی۔ہوا میں ہلکی ہلکی خنکی تھی۔عجیب سے احساسات اس کے وجود پر چھائے ہوئے تھے۔اس نے اپنی کار راستے کی ایک جانب پارک کی اور دبے دبے قدموں سے آگے بڑھتے ہوئے ریحان منزل کے صدر دروازے پر لگی کال بیل کا بٹن دبا دیا۔چند لمحوں

بعد ہی دروازہ کھل گیا اور ریحان صاحب اس کے سامنے تھے۔اس نے بہت احترام سے انہیں سلام کیا جس کے جواب میں وہ اسے دعاؤں سے نوازتے رہے۔ چونکہ ایک طویل مدت بعد اس نے اس گھر کا رخ کیا تھا ریحان صاحب اسے پہچان نہیں پائے تو اس نے اپنا تعارف کروایا اور اپنے آنے کے مقصد سے انہیں واقف کروایا۔ جیسے ہی انہوں نے اس کا نام سنا وہ چونک کر اسے دیکھنے لگے اور کہنے لگے ''عمران بیٹا، بہت دنوں بعد ہماری یاد تمہیں کیسے آ گئی۔ سب کچھ بکھر کر رہ گیا ہے۔ اتنا عرصہ کہاں رہ گئے۔!'' ان کی آواز بھاری ہونے لگی اور ان کے ضعیف وجود پر لرزہ سا طاری ہونے لگا۔عمران نے انہیں سہارا دیا اور دیوان خانے میں وہ دونوں آ بیٹھے۔شیما عروج غالباً دروازے کے کواڑ سے عمران اور اپنے ابو کی ملاقات کا منظر دیکھ رہی تھی وہ اب اندر جا چکی تھی۔

کچھ دیر بعد جب ریحان صاحب نے اسے آواز دی تو وہ اپنے ساتھ چائے اور کچھ نمکین کے ساتھ ٹرے لیے دیوان خانہ میں داخل ہوئی تو وہ اسے بس دیکھتا ہی رہ گیا۔ اس کا چہرہ کسی دن بھر میں تپتی ہوئی دھوپ کی تمازت سہنے کے بعد جس طرح صبح کا کھلا ہوا تر و تازہ پھول مرجھا جاتا ہے بس اسی کی عکاسی کر رہا تھا۔اس نے اسے سلام کیا اور احوال دریافت کیے۔ چائے نوش کرنے کے بعد ریحان صاحب ان دونوں کو تنہا چھوڑ کر اندر چلے گئے۔عمران نے فیصل کی ناگہانی موت پر تعزیتی کلمات ادا کیے۔ پھر کہا ''اللہ تعالی کے فیصلوں میں کچھ مصلحت پوشیدہ ہوتی ہے۔تم اب خود کو سوچ سوچ کر پریشان نہ کرو۔اللہ نے چاہا تو سب کچھ ٹھیک ہو جائے گا۔

'' وہ دونوں کی باتوں کا سلسلہ جاری تھا کہ ایک چار سالہ لڑکا امی ،امی کہتے ہوئے دیوان خانے میں داخل ہوا اور دوڑتے ہوئے عروج کی گود میں جا بیٹھا۔!

''عمران فاروقی''اس کے ڈیڈی کا نام فیصل فاروقی تھا''۔عروج نے کہا اور اپنا سر جھکا دیا۔ نام سن کر ایک لمحہ کیلئے وہ چونک پڑا۔وہ خود سے دل ہی دل میں مخاطب ہوا۔عروج اب میں تمہارے سارے غم سارے الم اپنے نام کرلوں گا۔پھر اس نے اپنے آنے کے مقصد سے اسے آگاہ کیا جس پر اس نے بزرگوں سے بات کرنے کیلئے اس سے کہا۔

پھر بروز جمعہ بعد نماز عصر شاہی مسجد باغ عامہ قاضی صاحب نے نکاح پڑھایا اور شیما عروج اس کی زندگی میں محبتوں کے چراغ روشن کرنے چلی آئی۔اس طرح عروج کی دل کی وادی میں اس کے دل کے زخموں پر مرہم رکھنے عمران چلا آیا۔وہ اب اپنے سارے غم سارے دکھ بھول چکی تھی اور ان دونوں کی زندگی اب بہاروں سے معمور تھی۔!

×××

خالی ہاتھ

وہ جب اپنی ماں کی کوکھ میں تھا اس کے والد حسن کمال کا انتقال ہوگیا۔ یہ آج سے کوئی ساٹھ پینسٹھ سال پرانی بات ہے۔ ملک آزاد ہوئے صرف دو، تین سال ہو رہے تھے۔ سائنس اور ٹکنالوجی ابھی ترقی پذیر تھی۔ مٹی کے تیل سے چراغ جلا کرتے تھے۔ بہت سی ایسی بیماریاں تھیں جنہیں طبیب کوئی نام دینے سے قاصر تھے۔ حسن کمال بخار میں مبتلا ہوئے اور درجہ حرارت اتنا تیز تھا جیسے ان کے جسم کو بھٹی میں ڈال کر نکالا گیا ہوا۔ بخار کم کرنے والی جو کچھ دوائیں عام تھیں ڈاکٹر تجویز کر چکے تھے لیکن درجہ حرارت کم ہونے کا نام ہی نہ لیتا اور بس دو، تین دن کے بخار نے انہیں اپنے مالک حقیقی سے جاملایا۔ گھر میں کہرام مچ گیا۔ صابرہ بیگم اس غیر متوقع سانحہ پر بکھر کر رہ گئیں۔ ایک دو سالہ لڑکا، مرحوم نے بیوہ کے ساتھ چھوڑا اور ایک اور بچے کی نشانی صابرہ بیگم کے بطن میں پنپ رہی تھی۔ اب سفید بے داغ لباس ان کا مقدر بن گیا تھا۔ ان کی سوچ مفلوج ہو کر رہ گئی تھیں بس ایک سوال ان کے ذہن پر ہتھوڑے برسا رہا تھا کہ یہ کیا ہوگیا ہے۔؟ کس جرم کی سزا قدرت نے انہیں دی ہے۔!

ابھی اس عظیم سانحہ کے بھنور سے وہ باہر بھی نہ نکل پائی تھیں کہ سیاسی انقلاب برپا ہوگیا۔ حضور نظام نے ہتھیار ڈال دیئے اور نظام اسٹیٹ، حیدرآباد دکن کے نام سے جو جانا جاتا تھا وہ آزاد ہندوستان کے حوالے کر دیا گیا۔ عوام کی راتوں کی نیند اور دن کا سکون درہم

برہم ہوگیا۔ پولیس ایکشن کے نام پر غنڈہ وفرقہ پرست عناصر نے قتل وغارت گری اور لوٹ کا بازار کچھ ایسا گرم کیا کہ دیکھنے والوں کی آنکھیں حیرت زدہ رہ گئیں اور شرفاء کے سر شرم سے جھک گئے ۔ نظام دکن کا فلسفہ کہ ہندو مسلم دوقومیں میری دو آنکھیں ہیں اس فلسفہ کی دھجیاں اڑا کر رکھ دی گئیں۔ کئی نوجوانوں کو موت کے گھاٹ اتار دیا گیا۔ کئی غیرت مند خواتین اپنی عصمت کی حفاظت کرتے ہوئے کنوؤں میں چھلانگیں لگادیں اور موت کو گلے لگالیا۔ ضعیف حضرات بس اپنے ہاتھ ملتے رہ گئے ۔ یہ تھا ملک کے ایک طبقے کو آزاد ہند کا آزادی پر انعام۔ سوچے سمجھے منصوبے اور سازش کے تحت ایک ہی طبقہ کو کچھ اس طرح نشانہ بنایا گیا کہ ان واقعات کی دھچک وہیبت متاثرین کے دلوں میں کافی عرصہ تک بیٹھی رہ گئی۔ ان پر جیسے سکتہ طاری تھا۔

حالات ابھی پوری طرح معمول پر بھی نہ آئے تھے کہ ایک اور قیامت صغری صابرہ بیگم پر ٹوٹ پڑی۔ انکے خسر نے انہیں دوسالہ معصوم لڑکے کے ساتھ یہ کہہ کر گھر سے نکال دیا کہ جب میرا لڑکا ہی نہیں رہا تو تمہارا اس گھر میں کیا کام۔ ان کی ساس نے انہیں منحوس عورت کے خطاب سے نوازا کہ بھری جوانی میں اپنا سہاگ گنوا بیٹھی ہے اور ان کا جواں سال بیٹا دیکھتے ہی دیکھتے لحد نشین ہوگیا۔ دن رات بس یہی ایک کلمہ ان کی زبان پر رہتا۔ صابرہ بیگم بے یارومددگار اپنے اکلوتے بھائی بھاوج کے در پر آپڑیں۔ والدین پہلے ہی انتقال کر چکے تھے۔ ایک بھائی تھے جو معمولی ملازم تھے۔ انہوں نے بہن کو سہارا دیا اور سر چھپانے کے لئے سائبان بھی۔

صابرہ بیگم ایک باہمت خاتون تھیں انہوں نے ہمت نہ ہاری۔ گھر پر ہی انہوں نے سلائی کڑھائی کا کام شروع کیا اور شام کے اوقات میں لڑکیوں اور کم عمر لڑکوں کو قرآن

کریم پڑھانا شروع کردیا۔ اللہ رب العزت کی بارگاہ میں سجدہ ریز ہوکر دعا مانگتیں کہ وہ انہیں کسی کے آگے دست سوال پھیلانے سے بچائے رکھ اور انہیں ہمت و حوصلہ عطا کر کہ حالات سے لڑسکیں۔ وہ اپنے بھائی پر بھی کسی قسم کا معاشی بوجھ ڈالنا نہ چاہتی تھیں کہ ان حالات میں بھائی کا سہارا اور رہنے کیلئے سائبان ہی بہت کچھ تھا۔ ان کی دن رات کی محنتیں رنگ لائیں اور آہستہ آہستہ سارے محلے کے گھروں سے انہیں سلائی کا کام ملنے لگا اور ساتھ ہی قرآن پڑھنے والے بچوں کی تعداد میں بھی اضافہ ہوتا گیا۔ وہ رفتہ رفتہ معاشی طور پر مستحکم ہونے لگیں۔ پھر انہوں نے اپنے بھائی سے اجازت لے کر اسی محلے میں بھائی کے گھر کے قریب ہی ایک چھوٹا سا علحدہ مکان کرایہ پر حاصل کرلیا اور وہاں منتقل ہوگئیں۔

وہ جب سمجھ دار ہوا تو اس وقت تک گھریلو حالات بہت حد تک سنبھل چکے تھے اور صابرہ بیگم کے حوصلے بلند ہو چکے تھے۔ بڑا لڑکا حسن اقبال تھا تو انہوں نے اس کا نام حسن جمال رکھ دیا۔ جو کافی صحت مند تھا اور اس کے نقوش پورے باپ حسن کمال (مرحوم) پر گئے تھے۔

وقت دبے قدموں آگے بڑھتا گیا۔ کل کے بچے اب جوانی کی دہلیز پر قدم رکھ رہے تھے۔ صابرہ بیگم کے سر میں بھی چاندی اتر آئی تھی۔ دونوں لڑکے حسن اقبال اور حسن جمال ہائیر سکنڈری کامیاب کرنے کے بعد ضلعی حدود سے آگے بڑھ کر شہری حدود میں داخل ہوگئے۔ شہر حیدرآباد کا دامن اتنا وسیع تر تھا کہ یہ دونوں یہاں پر اپنے قدم جمانے میں کامیاب ہوگئے۔ دونوں نے مختلف کورسیس میں داخلہ لیا۔ انٹرمیڈیٹ کے بعد بڑے بھائی نے داخلے کا امتحان کامیاب کر کے زرعی یونیورسٹی میں گریجویشن میں داخلہ لے لیا اور چھوٹے نے سیول انجینئرنگ کے ڈپلوما کورس میں۔ صابرہ بیگم ان دونوں کے ماہانہ خرچ

کیلئے ہر ماہ پابندی سے پیسے بھیجتیں جسے دونوں بھائی بڑی احتیاط سے خرچ کرتے۔

ادھر حسن اقبال نے گریجوشن کی تکمیل کی تو اُدھر حسن جمال نے ڈپلوما حاصل کرلیا۔ حسن اقبال چاہتا تھا کہ پوسٹ گریجویشن کیلئے امریکہ چلا جائے لیکن صابرہ بیگم چاہتی تھیں کہ وہ پوسٹ گریجویشن یہیں رہ کر بھی کرسکتا ہے لیکن وہ بضد تھا کہ امریکہ ہی سے پوسٹ گریجویشن کرے گا۔ یہ اتفاق ہی تھا کہ اس کے ایک دوست اور ساتھی کے والد امریکہ میں مقیم تھے جنہوں نے اپنے بیٹے کی سفارش پر اپنے لڑکے کے ساتھ ساتھ حسن اقبال کیلئے بھی ویزا اور ٹکٹ کا انتظام کردیا۔ صابرہ بیگم نے نہ چاہتے ہوئے بھی بیٹے کو بجھے دل اور آنسو بھری آنکھوں سے الوداع کیا۔ بار بار اسے اپنی صحت کا خیال رکھنے اور تعلیم ختم ہوتے ہی واپس لوٹنے کی تاکید کرتی رہیں۔ حسن اقبال ماں کی دعائیں سمیٹے امریکہ کیلئے پرواز کرگیا۔ حسن جمال کے ڈپلوما تکمیل کرتے ہی اسے ملازمت کیلئے انٹریو کالس آنے شروع ہوگئے۔ وہ دور کچھ ایسا تا کہ سیول انجینئرنگ کامیاب امیدواروں کیلئے ہر سرکاری محکمہ میں معقول مانگ تھی۔ حسن جمال چاہتا تھا کہ کچھ ایسی ملازمت مل جائے جہاں تنخواہ کے علاوہ بھی کچھ آمدنی کے ذرائع ہوں۔ پھر ہوا یوں کہ اس کی مراد بر آئی اور اسے حسب منشا ایسے محکمہ میں ملازمت مل گئی جہاں خشکی کا نام ونشان نہ تھا بس تری ہی تری تھی۔ اس نے ملازمت کے ساتھ ساتھ پارٹ ٹائم میں ٹاون پلاننگ میں بھی ڈپلوما حاصل کرلیا جس کی بدولت ترقی حاصل کر کے دفتر نظامت میں جگہ حاصل کر لی۔ دراصل ماں صابرہ بیگم کی زبانی ماضی میں گزرے واقعات، ان کی کسم پرسی اور غربت میں گزری زندگی اور ان کے ساتھ روا رکھے گئے سلوک وغیرہ کے بارے میں سن کر اس کے ذہن میں یہ بات جڑ پکڑ لی تھی کہ وہ اپنی زندگی میں ایسی کمائی کرے گا کہ ماں اپنی ساری سابقہ زندگی یکسر بھول جائیں۔ اس نے

سوچ رکھا تا کہ دولت کے انبار وہ اپنی ماں کے قدموں میں لگا دے گا۔ اس نے اپنی ڈکشنری سے جائز کمائی یا ناجائز کمائی، حلال روزی، یا حرام کمائی جیسے الفاظ مٹا ڈالے تھے۔ اس نے اپنی زندگی کا بس ایک ہی مقصد طئے کرلیا تا کہ ہر ضرورت مند جو اس کے اجلاس پر آتا اس کی ضرورت کی تکمیل کروادیتا جس کے عوض بھاری رقم اس کی جیب میں آجاتی۔ اس سے اوپر والے آفیسرز اور اس کے ماتحت، ہر ایک شیر ہولڈر ہوا کرتے۔!

ایک دن ماں نے اس سے کہا'' جمال میں دیکھ رہی ہوں کہ تمہارے ہاتھ روپیوں کی کافی ریل پیل ہے کہیں تم یہ مال ناجائز طریقے سے تو نہیں کمارہے ہو''۔!

''کس جائز اور ناجائز فلسفہ کو آپ لیئے بیٹھی ہیں۔ آج کے دور میں ہر شخص بس پیسہ کمانا چاہتا ہے۔ چاہے وہ کسی بھی طرح سے ہو اور پھر آپ نے ساری زندگی کتنی کسم پرسی کے عالم میں گزاری۔ کیا دیا آپ کو آپ کی ایمانداری نے' کیا کرپائیں آپ حلال کمائی سے۔ یہی نا کہ دووقت کی روٹی اور تن ڈھانکنے کیلئے کپڑے۔ کوئی خواہش، کوئی تمنا کوئی آرزو کبھی آپ نے پوری کی۔ کتنی تکالیف جھیل کر پڑھایا آپ نے ہمیں۔ کیا دیا زمانے نے آپ کو۔؟ وہ بپھر جاتا تو صابرہ بیگم اسے سمجھاتیں ''نہیں جمال، نہیں۔ تمہاری سوچ غلط ہے۔ تمہیں اپنی سوچ بدلنا ہوگا۔ ہر حال میں جائز، جائز ہے اور ناجائز ناجائز۔!

''نہیں امی نہیں یہ اب مجھ سے نہیں ہوسکے گا۔ میں اب اس راستے پر اتنی دور نکل چکا ہوں جہاں سے واپس لوٹنا نہ صرف مشکل ہے بلکہ میرے لئے ناممکن بھی۔ میں اب واپس نہیں لوٹا سکتا۔!'' وہ دوٹوک انداز میں کہتا چلا گیا اور صابرہ بیگم بس اسے دیکھتی ہی رہ گئی۔

دفتر میں ساتھ کام کرنے والوں میں ایک مہندر بھی تھا جو اس کا ہم کیڈر تھا اور اس سے بہت قریب بھی۔ وہ ہر روز دوپہر کا کھانا ایک ساتھ ہی کھاتے۔ مہندر اس کے پاس

آ جاتا۔ دونوں ایک ساتھ لنچ لیتے۔ پھر چائے کا دور چلتا اور وہ اپنے کیبن میں چلا جاتا۔ کھانے کے دوران دفتری فائلس اور کیسس کے علاوہ وہ مختلف امور پر باتیں ہوتیں۔ مہندر مزاج کے اعتبار سے بالکل سیدھا راستہ چلنے والا شخص تھا۔ اپنے کام سے کام رکھنا اس کی فطرت میں تھا۔ دفتر کے دوسرے ساتھی اور آفیسرز کیا کر رہے ہیں۔ اس نے جاننے کی کبھی کوشش نہ کی تھی۔ اس کے سینئر اسے جو ذمہ داری دیتے وہ بڑی خوش اسلوبی سے اور بہت ہی شفاف طریقے سے انجام دیتا۔ اس کا یہ ایقان تھا کہ ایمانداری کی کمائی میں بہت برکت ہے اور سکون بھی۔ حسن جمال بھی اس کے خیالات سے کافی متاثر تھا لیکن اس نے کبھی اپنے متعلق سوچنے کی کوشش نہ کی تھی۔

ماں نے جب اس کی شادی کا مسئلہ چھیڑا تو اس کے خالو نے جو ایک وکیل تھے اپنی بہن کی لڑکی کا رشتہ دیا جو دسویں جماعت کامیاب تھی اور خوبصورت بھی۔ شادی اسی سے ہوگئی۔ اس کے سسرالی رشتہ دار بھی بہتے دریا میں ہاتھ دھو لینے کے قائل تھے اسے بھی یہی تلقین کرتے۔ اپنی ڈگر پر وہ تیزی سے رواں دواں تھا۔ عمر عزیز کے بہت سے سال پیچھے چھوٹ گئے تھے اس نے شہر کے پاش علاقے میں ایک عالیشان مکان تعمیر کروالیا تھا۔ گھومنے کیلئے ہونڈا کار تھی اور دو لڑکیوں اور ایک لڑکے کا باپ تھا۔

صابرہ بیگم اور بہو کے مزاجوں میں بہت فرق تھا۔ انہوں نے بہو اور بیٹے کے درمیان حائل ہونے کی کبھی کوشش نہ کی تھی حسن جمال نے صاف لفظوں میں انہیں جتا دیا تھا کہ امی آپ کے دور اور آج کے دور میں کافی فرق ہے اس لئے آپ اپنی بہو سے ایسی امیدیں وابستہ نہ رکھیں جو کہ آپ کے دور میں ساس اپنی بہوؤں سے رکھا کرتی تھی۔ تب ہی گھر کا سکون برقرار رہ سکتا ہے۔ چنانچہ صابرہ بیگم بس خاموش تماشائی بنی رہتیں۔ ہر وقت

قرآن کی تلاوت اورنمازوں کے ادا کرنے میں مشغول رہا کرتیں۔اکثر اوقات بڑے بیٹے حسن اقبال کو یاد کرتیں جو ایسا گیا کہ پھرلوٹ کر ہی نہ آیا۔ذہن کے پردے پر اس کا خیالی پیکر تراشا کرتیں اور آنسو بہایا کرتیں۔حسن اقبال نے جدائی کا ایسا زخم انہیں دیا تھا جواب ناسور کی شکل اختیار کر گیا تھا۔بیٹے کے غم نے انہیں بے حد کمزور کر دیا تھا۔پھرایک رات وہ ایسا سوئیں کہ صبح اٹھ ہی نہ پائیں۔نجانے رات کے کونسے پہر میں ان کی روح ان کے ناتواں جسم کی قید سے آزاد ہوئی تھی کسی کو پتہ نہ چل سکا تھا۔اپنی حیات میں انہوں نے بسا اوقات حسن جمال کواس بات سے آگاہ کیا تھا کہ وہ جس راہ پر چل پڑا ہے اس کے اثرات زندگی میں کبھی نہ کبھی کہیں نہ کہیں ضرور غلط مرتب ہونگے اور تب سوائے پچھتاوے کےاور کچھ حاصل نہ ہوگا۔تب وہ ماں کی بات کو ہنس کر ٹال دیتا۔

یہ فلسفہءزندگی بھی کچھ عجیب سا ہے۔نجانے اللہ رب العزت کو کیا سوجھی کہ اس نے کائنات کی تخلیق کر ڈالی پھر حضرت آدم و بی بی حوا کو زمین پر اتادیا کہ جاؤ اور کائنات کو آباد کرو۔انہوں نے دنیا کو کچھ اس طرح آباد کیا کہ اس کی وسعت اب ناقابل تسخیر ہو چکی ہے۔سائنس اور ٹکنالوجی کی ترقی کے باوجود دنیا کا کوئی خطہ پرامن نہیں رہا۔جدھر دیکھو ادھر انتشار ہی انتشار پھیلا ہوا ہے۔ ہر طرف دہشت گردی۔قتل و غارت گری و عصمت ریزی۔آج کا انسان سوچنے لگتا" یارب العزت کیا اسی لئے تو نے اس کائنات کی تخلیق کی تھی۔آج دنیا کی ہر شئے سے انسان کا خون ارزاں ہو چکا ہے۔شائداس کی ایک وجہ یہ ہو کہ ترقی کی دوڑ میں انسان ایک دوسرے سے سبقت لے جانا چاہتا ہے شائد انسان اپنے نفس کا غلام ہو چکا ہےاور اپنے خواہشات نفسانی کو پورا کرنے کیلئے اس کے پاس اچھے اور برے میں تمیز باقی نہ رہی ہو ہر طرف چور بازاری اور رشوت کا بازار گرم ہوتا جارہا ہےاور

آج ہر شخص یہ چاہنے لگا ہے کہ بچوں کے تابناک مستقبل کیلئے انہیں مغربی ممالک، امریکہ، آسٹریلیا لندن یا کینیڈا میں تعلیم دلائی جائے۔ لڑکیوں کی شادیاں بھی کچھ ایسے ہی معیار پر کی جانی لگیں اور دنیا والوں کو یہ بتایا جانے لگا کہ ایک لڑکی داماد امریکہ میں ہے تو دوسری لڑکی داماد لندن میں۔ اس کو اپنا اسٹیٹس سمبل (STATUS SIMBLE) سمجھا جانے لگا۔ چنانچہ وقت کی روانی کے ساتھ ساتھ جب حسن جمال نے لڑکیوں کی شادی کی تو اس پر بھی یہی اثر غالب رہا۔ بڑی لڑکی کے سائنس میں گریجویشن کے بعد اس کی شادی ایک ڈاکٹر سے کردی اور پھر داماد کو ترغیب دے کر اسے اعلیٰ ڈگری کے حصول کیلئے لندن بھجوادیا۔ اس کا سارا تعلیمی خرچ اس نے خود برداشت کرنے کی پیشکش کردی ہے۔ جسے داماد اور اس کے والدین نے بخوشی قبول کرلیا۔ دوسری لڑکی کی شادی بھی اعلیٰ پیمانے پر انجام دی گئی۔ لڑکا سافٹ ویر انجینئر تھا اور امریکہ میں ایم ایس کرنے کے بعد وہیں ملازمت کررہا تھا۔ کچھ عرصہ لڑکیاں اپنے اپنے سسرال میں رہیں اور پھر اپنے شوہروں کے پاس پہنچ گئیں۔ حسن جمال خوش تھا کہ اس نے جو دولت کمائی تھی وہ کام آگئی ہے اور لڑکیوں کے خوشحال مستقبل کی ضامن بھی بنی ہے۔ اس کا لڑکا بھی انجینئرنگ میں ڈگری حاصل کرچکا تھا۔ اس نے اس کی بھی شادی مناسب خاندان میں کرڈالی۔ لڑکی خوبصورت تھی اور تعلیم یافتہ بھی۔ پیسے کی ریل پیل اور چمک دمک نے ماضی کو یکسر دھندلا دیا تھا۔

حسن جمال نے جب زندگی کے اٹھاون سال مکمل کرلیئے تو اسے ملازمت سے سبکدوش کردیا گیا۔ اسے اس بات کا کوئی خلق نہ تھا کیونکہ وہ معاشی اعتبار سے کافی مستحکم تھا۔ رہائشی مکان کے علاوہ کچھ ایسی جائیداد بھی اُس نے بنالی تھی کہ جس کے کرائے معقول آمدنی کا ذریعہ تھے کوئی اور ذمہ داریاں باقی نہ تھیں۔ چنانچہ اس نے سوچا چلو بقیہ زندگی رب

کی عبادت میں گزارنی چاہئے۔اولین فرصت میں اس نے سعادت حج حاصل کرے کا پروگرام بنایا جس کیلئے پرائیویٹ گروپ کی خدمات حاصل کیں اور تیاریوں میں مصروف ہوگیا۔

انسان بہت کچھ سوچتا ہے لیکن ہوتا وہی ہے جو اللہ رب العزت چاہتا ہے۔حسن جمال خوش تھا کہ وہ اپنی لڑکیوں کی ذمہ داریوں سے بہت خوش اسلوبی سے سبکدوش ہوا ہے لیکن دونوں لڑکیاں خوش نہیں تھیں۔ بڑی لڑکی کا شوہر ناصر ایم ایس کر چکا تھا اور اس اثنا میں وہ ایک لڑکی کی ماں بھی بن چکی تھیں لیکن وہ اپنی ازدواجی زندگی سے مطمئن نہیں تھی۔ ناصر اپنے ساتھی ڈاکٹروں کی زندگی سے جب اپنی زندگی کا تقابلی جائزہ لیتا تو خود کو بہت کم تر پاتا کیونکہ اس کے ساتھی ڈاکٹروں کی بیویاں اعلی ڈگریوں کی حامل ڈاکٹر تھیں۔ وہ اکثر اپنی بیوی سے تذکرہ کرتا اور اسے تنقید کا نشانہ بناتا۔ پھر یہ خلیج ان کے درمیان اتنی بڑھی کہ ایک دن اچانک ناصر نے اس کے ہاتھ ہندوستان واپسی کا ٹکٹ اور طلاق کے کاغذات تھما دیئے۔ یہ اطلاع جب ثمرین نے حسن جمال کو دی تو اس کے اور بیوی نازنین کے ہوش اڑ گئے۔ وہ اسے لینے ایرپورٹ پہنچے جو صبح کی فلائیٹ سے حیدرآباد پہنچ رہی تھی۔ وہ جب ایرپورٹ سے باہر آئی تو ماں باپ دونوں ہی اسے پہچان نہ سکے۔ اس کی صحت کافی گر چکی تھی۔ گال پچکے ہوئے، آنکھیں اندر کو دھنسی ہوئیں اور لاغر سی لگ رہی تھی۔ شائد ذہنی اذیت نے اسے اس حال کو پہنچادیا تھا۔ ثمرین ایرپورٹ پر ہی ماں کے سینے سے لگی بلک پڑی۔ دو سالہ بچہ کبھی ماں کو اور کبھی نانا، نانی کو دیکھتا رہا۔ حسن جمال نے اسے سینے سے بھینچ کر خود کو سنبھالنے کی تلقین کی۔ اس کی اپنی آنکھیں بھی بھر آئی تھیں۔ یہ حادثہ اس کیلئے زبردست جھٹکہ تھا۔ وہ سوچ بھی نہ سکتا تھا کہ داماد ناصر اس قسم کی حرکت کر سکتا ہے۔

کہتے ہیں جب وقت کروٹ بدلتا ہے تو سب کچھ تہس نہس ہو جاتا ہے۔ شاید حسن

جمال کا وقت بھی اب کروٹ بدل چکا تھا۔ دوسری لڑکی شاذیہ کو جو کہ ماں بننے والی تھی اس کے شوہر نے یہ کہہ کر کہ تم پہلی بار ماں بن رہی ہو بہتر ہے اس مرحلہ سے تم اپنے والدین کے زیر نگرانی گزرو، حیدرآباد بھجوادیا۔ وہ میکہ پہنچ کر سانس بھی نہ لے پائی تھی کہ ایک دن کوریئر کے ذریعہ اس کے طلاق کے کاغذات پہنچے۔ دراصل اس کا شوہر امریکہ میں پہلے سے ہی کسی امریکی حسینہ کی زلف گرہ گیر کا اسیر تھا اور اس کا اصرار تھا کہ جب تک وہ اپنی انڈین وائف کو ڈائیورس نہیں دے گا وہ اس کے ساتھ شادی نہیں کرے گی۔ شاذیہ کے شوہر کامران نے بھی اس کی زندگی جہنم بنا رکھی تھی۔ وہ اسے ہر طرح سے ذہنی اذیت دیتا رہا تھا جس کے کئی واقعات اس نے ماں اور حسن جمال دونوں کو سنائے تھے۔ حسن جمال اب سوچ رہا تھا کہ اسٹاٹس کے چکر میں کہیں نہ کہیں اس نے لڑکوں کے انتخاب میں بہت بڑی غلطی کی تھی۔ لیکن اب سوائے پچھتاوے کے اس کے پاس کچھ نہ تھا۔ دونوں لڑکیوں کو اس نے تسلی دی تھی کہ جو کچھ ہو گیا ہے اس کا اپنے دل پر زیادہ اثر نہ لیں۔ بہت جلد سب کچھ ٹھیک ہو جائے گا۔ اپنے تئیں اس نے سوچ لیا تھا کہ کوئی مناسب لڑکے مل جائیں تو وہ ان دونوں کی دوسری شادیاں کرے دگا۔

حج کیلئے پروازیں شروع ہو چکی تھیں پرائیویٹ حج گروپ کے ذریعہ وہ اپنی شریک حیات نازنین کے ساتھ حج کیلئے پرواز کر گیا۔ اللہ رب العزت کے دربار اور روضہ اطہر پر حاضری دے کر اور سعادت حج حاصل کر کے جب وہ لوٹا تو عجیب طرح کی روحانی خوشی اس کے قلب و ذہن پر طاری تھی۔ اس نے اللہ کے دربار میں حاضر ہو کر اپنی دونوں لڑکیوں کے لئے دعائیں کی تھیں اور اپنے گناہوں کی معافی کا بھی طلب گار رہا تھا۔

سعادت حج سے واپس ہو کر بس دو مہینے بھی نہ گزرے ہوں گے کہ اس کی زندگی کا عظیم سانحہ پیش آ گیا۔ صرف چند روز کی بیماری نے اس کی شریک حیات نازنین کو ابدی نیند

کی گہرائیوں میں سلا دیا۔ اس سانحے نے اس کے وجود کو دہلا دیا۔ کئی دنوں تک وہ خود کو سنبھال نہیں پایا۔ وہ سوچتا نجانے کیوں اللہ تعالی اس کے صبر کا امتحان لینے لگا ہے تب اس کے ذہن کے پردے پر امی کی تصویر ابھرتی وہ کہتیں ''میں نے بار ہا تمہیں کہا تھا کہ غلط کمائی کے اثرات زندگی میں کبھی نہ کبھی ضرور غلط مرتب ہوتے ہیں۔ تو وہ جھنجھلا کر اپنا سر جھٹک دیتا اور آنکھیں بند کر کے صوفے پر لیٹ جاتا۔ اس کا ضمیر جسے وہ برسوں قبل تھپک تھپک کر سلا دیا تھا اب وہ بھی آہستہ آہستہ جاگ رہا تھا جس کی کسک وہ اب محسوس کر رہا تھا۔ ماضی میں اس کے ضمیر نے جب کبھی بھی اسے صحیح راہ کی نشاندہی کی تھی تب اس نے اسے بھی بری طرح جھٹک دیا تھا لیکن اب وہ اپنے ضمیر کی آواز کو غور سے سن رہا تھا۔ اس کا ضمیر کہہ رہا تھا'' کیا ہوا حسن جمال کیوں بے چین ہو۔ کہاں گیا تمہارا سکون؟ کیوں نہیں خرید لاتے اپنی دولت کے عوض۔؟ تب وہ اور بھی بے قرار ہو جاتا اور اپنی آنکھیں بند کئے صوفہ کی پشت پر سر ٹیک دیتا۔ جب بہت زیادہ پریشان ہوتا تو مسجد کا رخ کرتا اور نماز پڑھ کر تلاوت قرآن میں زیادہ سے زیادہ وقت گزارنے کی کوشش کرتا جہاں اسے بڑی حد تک ذہنی و قلبی سکون حاصل ہوتا۔

دونوں لڑکیوں کے مستقبل کے بارے میں سوچ سوچ کر اس کا ذہن ایک طرح سے مفلوج ہونے لگا تھا۔ کیا وہ اتنی کم عمر میں مطلقہ کہلانے کے لائق تھیں جب کہ ان کا کوئی قصور نہ تھا۔ اس کے اپنے اعمال کی سزا یہ دو معصوم لڑکیوں کو کیوں دی جا رہی ہے۔ اللہ رب العزت کے آگے سر بسجود ہو کر وہ دعائیں مانگتا کہ ان لڑکیوں کا مستقبل سنوار دے۔ یا اللہ میرے لئے اس سے بڑی سزا اور کیا ہو سکتی ہے کہ تو نے اس عمر میں جبکہ بیوی کی رفاقت ہر وقت ہر لمحہ ضروری ہوتی ہے مجھ سے چھین لی میں کچھ بھی تو نہ کر سکا۔ اپنے ان ہی ہاتھوں سے اسے سپرد لحد کر آیا۔ دل کا قرار اور ذہنی سکون سب کچھ درہم برہم ہو چکا تھا۔

اس کے ایک دوست نے جب اس کی بے چینی اور بے قراری محسوس کی تو اسے اپنے ہمراہ ایک بزرگ کے پاس لے گئے جہاں ان کے معتقدین بہت بڑی تعداد میں موجود تھے اور وہ درس دے رہے تھے۔ وہ دونوں بھی دو خالی نشستوں پر بیٹھ گئے۔ مولانا فرما رہے تھے۔ ''تقویٰ مومن کے دل میں چھپی ایک باطنی کیفیت کا نام ہے جس کی روشنی سے قلب و دماغ روشن ہوتے ہیں۔ نافرمانی اور نفسانی خواہشات کی تاریکیاں کافور ہو جاتی ہیں۔ یہ کیفیت نہ صرف قلب و روح کو پاکیزہ بناتی ہے بلکہ اللہ تعالیٰ کے قرب خاص کا اہل بناتی ہے۔ اللہ رب العزت نے قرآن مجید میں متعدد مقامات پر تقویٰ اور خوف الٰہی پیدا کرنے کی تلقین کی ہے اور ایسا لگتا ہے کہ اللہ تعالیٰ نے قرآن مجید میں اپنے بندوں سے صرف اور صرف تقوی کا مطالبہ کیا ہے۔ تقوی ایک ایسا جوہر ہے کہ جو شخص اس کو اختیار کرتا ہے اس کے اثرات اور ثمرات کو اسی دنیا میں محسوس کرتا ہے اور تقوی کی برکت سے وہ دنیا ہی میں جنت جیسی زندگی پا لیتا ہے جو رنج و غم سے دور اور قلبی سکون و اطمینان کی حامل ہوتی ہے۔ حضور نبی اکرم صلی اللہ علیہ وسلم نے ارشاد فرمایا ''اعمال کا دارومدار اور آخرت کی کامیابی اور ترقی کا دارومدار صرف خاتمہ بالخیر پر موقوف ہے اور جو بندہ تقویٰ اختیار کرتا ہے اس کا انجام اور خاتمہ بخیر ہوتا ہے۔!'' مولانا کی دعا پر درس کی یہ محفل اختتام کو پہنچی۔ وہ اپنے دوست کے ساتھ جب واپس ہو رہا تھا تو اس کے قلب و ذہن ایک نئی روشنی سے منور تھے اور اپنے تئیں اس نے ایک غیر معمولی فیصلہ کر لیا تھا۔

اس کی انتھک کوششوں اور اللہ کے حضور تڑپ کے ساتھ دعاؤں نے بالآخر اثر کیا اور اللہ رب العزت نے بے انتہا فضل و کرم فرما دیا جس کے نتیجہ میں اس کی دونوں مطلقہ لڑکیوں کیلئے مناسب لڑکے فراہم کئے اور سادہ تقریب میں وقفہ وقفہ سے دونوں لڑکیوں

کے عقد ثانی مسجد میں انجام پائے اور وہ اپنے اپنے شوہروں کے ساتھ زندگی گزارنے لگیں۔اس کے ذہن و دل پر رکھا بوجھ اب ختم ہو چکا تھا اور وہ اللہ رب العزت کے آگے سر بسجود ہو کر شکرانہ ادا کرنے لگا تھا۔

زندگی کے بیکراں سمندر میں اس کی کشتی حیات، حالات کے بھنور میں پھنس کر جب بخیر و عافیت ساحل سے آ لگی تو اس نے اپنے تئیں جو فیصلہ کیا تھا اسے عملی جامہ پہنانا چاہا۔جس کیلئے وہ اپنی دونوں لڑکیوں اور اپنے لڑکے اور بہو کو بٹھا کر بات کی اور اپنے فیصلہ سے آگاہ کیا جسے سن کر اس کی لڑکیوں اور لڑکے نے اس سے کہا کہ آپ کا ہر فیصلہ ہمارے قابل قبول ہے۔!

اس نے اپنے دوست جو کہ وکیل تھے انہیں بلا کر ایک وصیت تیار کروائی جس کی رو سے جائیداد کا کچھ حصہ لڑکے اور لڑکیوں کے حق میں دیا اور بڑا حصہ جو کہ لاکھوں کی مالیت کا تھا وہ اللہ کے راستے میں وقف کر دیا جس کی ذمہ داری وکیل دوست کو سونپ دی۔اس کا ضمیر اب کچھ حد تک مطمئین تھا کہ ناجائز کمائی سے جو جائیداد اس نے بنائی تھی اسے اللہ کیلئے وقف کر دیا تھا اور اللہ تعالی سے دست بدعا تھا کہ وہ اسے قبول کر لے۔

اور آج وہ خود کو بے حد پرسکون محسوس کر رہا تھا اور رات جب وہ نیند کی گہری وادیوں میں کھویا تھا تو اس کا قلب جو غیر معمولی سکون حاصل کر چکا تھا نجانے کب اپنی حرکت کھو چکا تھا اور اس کی روح کا پنچھی افق کی بلندیوں پر محوِ پرواز تھا۔! اس کے آخری سفر میں بے شمار لگوں نے شرکت کی۔

تھے دونوں ہاتھ خالی جب آخری سفر تھا کیا لے کے آیا بندے کیا لے کے جائے گا

×××

اُداس لمحوں کا کرب

جب زندگی دکھ سہتے سہتے تھک جاتی ہے تو آنکھوں میں ایک بے نام سی ویرانی اور خاموشی چھا جاتی ہے اور آنکھیں آنسو بہاتے ہوئے کچھ بھی تو نہیں کر سکتیں۔ پلکیں بھیگتی ہیں لبوں پر آہ مچلتی ہے۔ یہ آہ صرف دل تک محدود رہتی ہے پھر جی چاہتا ہے آنکھوں میں آنسوؤں کی بارات سجائے گھور اندھیرے میں تنہا نیلگوں آسمان کو تکتے رہیں اور پھر ہمارا وجود ختم ہو جائے تا کہ پھر دکھوں کے بھنور میں کوئی پھنسا کر نہ چلا جائے۔ نہ جانے اس زیست کی اذیت کب ختم ہوگی۔ کہیں ایسا نہ ہو کہ یہ زندگی ہی ختم ہو جائے اور اذیت آخری سانس تک بھی ختم نہ ہو۔! ایک خواہش باقی ہے تو یہ ہے کہ اس راہ پر اسی اندھیرے میں تنہا یہیں بیٹھ جاؤں اور آنکھیں بند کر لوں۔ پھر نہ کھولوں۔ وقت گذرتا ہے تو گزرے ساتھی بچھڑتے ہیں تو بچھڑ جائیں اور اگر منزل بھی دور ہو جاتی ہے تو ہو جائے۔ اب مجھے کسی بات کا غم نہ ہوگا۔ دکھ نہ ہوگا۔

دکھ سہتے سہتے وہ مرجھا گئی تھی کیسی شاداب ہوا کرتی تھی وہ بالکل تر و تازہ جس طرح صبح کا کھلا ہوا گلاب کا پھول اور اب وہ ایسی مرجھا گئی تھی کہ دن بھر دھوپ کی تپش سہتے سہتے جس طرح گلاب کا پھول شام ڈھلے مرجھا جاتا ہے۔ اپنی تمام دلکشی و رعنائی کھو چکا ہوتا ہے۔

آخر اس کا قصور کیا تھا کیوں کیا تھا کامران نے یہ سب کچھ آخر اس میں کمی کیا تھی۔ وہ بھی اوروں کی طرح خوبصورت نہ سہی قبول صورت اور جاذب نظر تو تھی ہی تعلیم یافتہ بھی۔

اس نے بھی سائنس میں ڈگری لی تھی اور شادی کے بعد جب اس نے کامران سے ملازمت کرنے کی خواہش کا اظہار کیا تھا تو اس نے بڑے خلوص اور محبت سے اسے منع کر دیا تھا اور کہا تھا ''سائمہ اللہ کا دیا سب کچھ ہے اپنے پاس اور میں خود اچھی جاب اور اچھی پوزیشن پر کام کر رہا ہوں۔ اللہ نہ کرے کہ کبھی وہ دن آئے جب تمہیں ملازمت کرنا پڑے۔!

کامران کا جواب سن کر اس کا رواں رواں خوشی سے سرشار ہو گیا تھا۔ پھر اس نے کہا تھا ''کامران آپ کی خوشی میں میری خوشی ہے۔ میں تو بس یوں ہی وقت گزرانے اور مصروف رہنے کیلئے ایسا سوچی تھی۔ دراصل آپ جب آفس چلے جاتے ہیں تو دن بھر گھر بیٹھی بوریت محسوس کرتی ہوں۔!

پھر اللہ رب العزت نے اسے مصروف رکھنے کیلئے ایک جیتا جاگتا کھلونا عطا کر دیا۔ اکمل ان دونوں کی محبت کی پہلی نشانی تھا۔اب وہ دن بھر اکمل کے کاموں میں مصروف رہتی۔ اسے نہلا دھلا کر صاف کپڑے پہنانے پھر جب اسے بھوک لگتی تو اسے زمانے کی نگاہوں سے چھپا کر فیڈ کرتی۔ وہ جب نیند کی آغوش میں پہنچ جاتا تو وہ بھی کچھ دیر سستا لیتی۔ پھر جب شام میں کامران کی واپسی کا وقت ہوتا تو وہ شام کی چائے کے ساتھ کچھ نمکین چیزیں تیار کر لیتی جو کامران کو پسند ہوتے۔ اسی طرح وقت پر لگا کر گزرتا رہا۔اس کی زندگی میں بس بہاریں ہی بہاریں تھیں خزاں کا دور دور تک پتہ نہ تھا۔ پھر ان کی محبت کی دوسری نشانی عرشی چلی آئی۔ عرشی کی پیدائش پر سارا گھر خوشیوں میں جھوم اٹھا۔ دادا، دادی اور خود کامران بے حد خوش تھا اسے بیٹی، بیٹے سے زیادہ عزیز تھی۔ وہ اسے بے انتہا پیار کرتا۔

وقت دبے قدموں سے گزرتا رہا۔ پھر ہوا یوں کہ کامران جس ملٹی نیشنل کمپنی میں کام کرتا تھا اس کمپنی کو ایک بڑا کنٹراکٹ امریکہ میں حاصل ہوا۔ کامران چونکہ کمپنی کا ایک

با اعتماد ملازم تھا اور ایک قابل سافٹ ویر انجینئر بھی تو کمپنی نے اسے ٹیم لیڈر کی حیثیت سے منتخب کیا اور اسے یہ خوشخبری سنائی کہ بہت جلد اسے امریکہ جانا ہے۔ کامران نے جب یہ خبر والدین اور بیوی سائمہ کو سنائی تو سبھی خوش ہوئے۔ والدین نے مزید ترقی حاصل کرنے کی دعاؤں سے نوازا۔ سائمہ خوش بھی تھی لیکن کامران سے دوری کا خیال بھی اسے ڈسنے لگا تھا۔ وہ کچھ بجھی بجھی سی رہنے لگی۔ اس کی اس حالت کو محسوس کر کے کامران نے اسے سمجھایا اور تسلی دی کہ بس دو سال ہی کی تو بات ہے اور اگر کمپنی نے ویزا فراہم کیا تو وہ اسے بھی امریکہ بلا لے گا۔ پھر وہ وقت بھی آ گیا جب وہ والدین اور بیوی بچوں کو چھوڑ کر امریکہ کیلئے پرواز کر گیا۔

شروع شروع میں ہر روز ہی کامران فون کرتا اور سائمہ سے لمبی چوڑی گفتگو کرتا۔ مختلف امور پر بات ہوتی اور ہر بار یہی کہتا کہ وہ خود کا امی ابا اور بچوں کا خیال رکھے۔ وہ وہاں ٹھیک ہے اور کام بھی ٹھیک ٹھاک چل رہا ہے۔!

پھر وقت نے کروٹ لی۔ اب کامران کے فون بہت کم آنے لگے۔ ہفتوں سائمہ اس کے فون کا انتظار کرتی اور جب وہ اس سے یہاں سے فون پر رابطہ قائم کرنے کی کوشش کرتی تو فون کی گھنٹی بجتی ہی رہتی لیکن کامران سے رابطہ نہ ہو پاتا۔ گھریلو اخراجات کیلئے معقول رقم وہ آن لائن کے ذریعہ اس کے بینک اکاونٹ میں ہر ماہ پابندی سے جمع کر دیتا۔ مہینہ ڈیڑھ مہینہ میں جب کبھی وہ فون پر سائمہ سے بات کرتا تو اس یہی بہانہ تراشتا کہ کمپنی کے کام کی وجہ سے وہ بہت زیادہ مصروف رہتا ہے۔ اس لئے فون پر بات نہیں کر پا رہا ہے۔!

انسان کو وقت کے دھارے پر بہتے ہوئے یہ احساس تک نہیں ہو پاتا کہ کہاں سے چلے تھے اور کس موڑ پر جدا ہوئے اور کس لمحے مختلف راہوں کے راہی بنے اور اس پر ستم ظریفی یہ کہ

حالات کے پیچھے جھانکنے کا موقع بھی نہیں ملتا سائمہ کے ساتھ بھی یہی کچھ ہوا۔اچانک ہی کامران نے ایک دن اسے اطلاع دی کہ وہ اس سے علحدگی چاہتا ہے اور طلاق (Divorce) کے کاغذات بہت جلد اسے مل جائیں گے۔کوئی وجہ بتائے بغیراس نے فون بند کردیا اوراس کے ہاتھ سے فون گرکر پکے فرش پر بکھر گیا۔سائمہ خود بھی چکرا کرگر پڑتی اگرقریب میں صوفہ نہ ہوتا۔

کامران نے وقت کے گرداب میں پسنے کیلئے اسے تنہا چھوڑکرراہ فراراختیارکرلی تھی ایک طویل عرصہ بیت چکا ہے۔اکمل آج دسویں جماعت کا طالب علم ہے اور عرشی آٹھویں جماعت کی۔اللہ نے اس کی مدد کی کہ وہ ایک اسکول میں ٹیچر ہوگئی تھی۔وقت کی گرد نے اسے اپنے حصار میں لے لیا تھا اور اداس لمحوں کے کرب کوجھیلتے جھیلتے وہ کسی مرجھائے ہوئے پھول کی طرح مرجھا گئی تھی۔اپنی ساری شادابی کھوکر۔! شائد یہ وقت کا امتحان ہو یا پھرتقدیر کی ستم ظریفی۔!

xxx

وجودِ زن سے ہے......!

''کیا تم نے یہ کبھی نہیں سنا کہ وجود زن سے ہے کائنات میں رنگ ،، نثار نے اپنے دوست متین کو چھیڑتے ہوئے اور یہ قائل کرنے کی کوشش کرتے ہوئے کہا کہ زندگی میں ایک خوبصورت ساتھی کی ضرورت ہوتی ہے جس کی وجہ کائنات میں پھیلی رنگینیاں مرد کیلئے باعث کشش وتسکین ہوتی ہیں۔

''ہاں یار ہوسکتا ہے تم صحیح کہہ رہے ہو۔لیکن یہ سب کچھ انسانی احساس وجذبات پر منحصر ہے اور یہ سب کچھ تبھی اچھا لگتا ہے جب انسانی ذہن تفکرات سے خالی ہو۔ پریشانیوں اور مسائل میں الجھا ہوا نہ ہو متین نے کہا تو نثار کہنے لگا'' شائد تم ٹھیک کہہ رہے ہو ۔!'' پھر وہ دونوں یونیورسٹی کینٹین سے باہر چلے آئے۔

دراصل متین مختلف الجھنوں کا شکار تھا۔اپنے کاندھوں پر دو جوان بہنوں کی شادیوں کی ذمہ داریوں ،کا بوجھ اور چھوٹا بھائی جو ابھی ہائی اسکول لیول کا طالب علم تھا اس کی آگے تعلیم کی ذمہ داری بھی اسی پر عائد تھی ۔اس کے والد شکور صاحب ایجوکیشن ڈیپارٹمنٹ میں معمولی عہدے پر فائز تھے اور پانچ افراد کے اس کنبے کی حتی المقدور کفالت کرر ہے تھے متین ایک حساس طبیعت رکھنے والا نوجوان تھا اور چاہتا تھا کہ جلد از جلد تعلیم مکمل کر کے اپنے پیروں پر کھڑا ہو جائے تا کہ اپنے والد کے کمزور وناتواں کندھوں کا بوجھ کچھ ہلکا کر سکے۔

طالب علمی کے دور سے ہی اس کی خواہش رہی تھی کہ وہ پوسٹ گریجویشن حضور نظام کی قائم

کی ہوئی درسگاہ عثمانیہ یونیورسٹی سے کرے گا۔ اس نے اس پر شکوہ عمارت اور وہاں کے ماحول سے متعلق بہت سی کہانیاں سن رکھی تھیں اور چاہتا تھا کہ پوسٹ گریجویشن کی تکمیل یہیں سے کرے۔ چنانچہ بی اے کی تکمیل کے بعد اس نے اردو ایم اے میں داخلہ لے لیا تھا اور اب آخری سال کی تکمیل کی طرف گامزن تھا۔ آرٹس کالج کے رنگین ماحول میں جہاں بے شمار ریشمی آنچلوں کی سرسراہٹیں تھیں، رنگین چوڑیوں کی کھنک تھی جواں سال جواں عمر خوبصورت لڑکیوں کے قہقہوں کی فضاؤں میں گونج تھی لیکن وہ خود کو اس رنگین ماحول سے بچائے صرف اور صرف اپنی تعلیم پر توجہ دیتا تھا یہی وجہ تھی کہ اساتذہ اسے بہت پسند کرتے تھے اور ساری یونیورسٹی میں اس نے پہلے سال میں اول مقام حاصل کر کے پروفیسرس کی نگاہ میں اونچا مقام حاصل کرلیا تھا۔ دوستوں اور ہم جماعتوں میں صرف نثار تھا جو اس سے کسی حد تک بے تکلف تھا جو اس کی سنجیدگی توڑنے کی کبھی کبھار کوشش کیا کرتا۔

ایک دن وہ لکچر ہال میں بیٹھا کچھ نوٹس تیار کر رہا تھا کہ چپراسی نے آ کر اسے اطلاع دی کہ صدر شعبہ اردو اسے بلا رہے ہیں۔ وہ اٹھا اپنے پیپرس اور نوٹس بکس اکٹھا کیا اور سیدھا اردو ڈپارٹمنٹ جا پہنچا جب اس نے سلام کیا تو صدر شعبہ اردو جواد صاحب نے سلام کا جواب دیتے ہوئے کہا ''آؤ آؤ متین'' اور اپنے سامنے والی نشست پر بیٹھنے کا اشارہ کیا تو اس نے نشست سنبھال لی۔ پھر جواد صاحب نے اسے اپنے پاس طلب کرنے کی وجہ بتاتے ہوئے کہا ''یونیورسٹی آف حیدرآباد نے اگلے مہینے کی پانچ اور چھ تاریخ کو دو روزہ سمینار کا اہتمام کیا ہے ''شاذ تمکنت، فن اور شخصیت'' کے موضوع پر مقالہ جات پیش کئے جائیں گے جس میں مختلف یونیورسٹیوں سے اسکالرس، طلباء شریک ہوں گے اور اپنے اپنے مقالے پیش کریں گے۔ جس کا مقالہ سب سے اچھا ہوگا اسے گولڈ میڈل اور پچاس ہزار کا

رقمی انعام دیا جائے گا۔ میں چاہتا ہوں کہ عثمانیہ یونیورسٹی سے تم نمائندگی کرو گے اور اپنا مقالہ پیش کرو گے۔!'' سارے اردو ڈپارٹمنٹ میں مجھے صرف تم پر اعتماد ہے اور مجھے یقین ہے کہ تم میری امیدوں پر پورا اترے گے۔

''سر مجھے خوشی ہیکہ آپ مجھے اس قابل سمجھتے ہیں۔ میں انشاءاللہ پوری پوری کوشش کرونگا کہ آپ کے اعتماد کو ٹھیس نہ پہنچے اور میں آپ کی امیدوں پر کھرا اتروں۔!'' پھر وہ جواد صاحب سے اجازت لے کر چلا آیا۔

متین مقالے کی تیاری میں کچھ اس طرح مصروف رہا کہ اپنے واحد دوست نثار سے بھی کئی دن تک نہ مل سکا جس کا اسے افسوس بھی تھا۔ اس نے لائبریری اور دوسرے مقامات سے شاذ تمکنت صاحب پر لکھی گئی تحریروں کو جمع کیا ان کا بغور مطالعہ کیا اور اپنا مقالہ تیار کرلیا۔

پروگرام کے مطابق متین ،نثار اور دوسرے طلباء یونیورسٹی آف حیدرآباد پہنچے۔ سمینار ہال ،طلباء اساتذہ ،اسکالرس سے کھچا کھچ بھرا ہوا تھا۔ تقریباً ملک کی ہر یونیورسٹی سے طلباء اور اساتذہ شرکت کررہے تھے ان میں چند مقالہ نگار بھی تھے۔ پہلے دن افتتاحی سیشن تھا۔ دن کا نصف وقت افتتاحی اجلاس کی نذر ہوگیا۔ لنچ کے بعد دوپہر کے اجلاس میں مقالے پیش ہونے تھے۔ جب سیشن شروع ہوا تو حیدرآباد یونیورسٹی کی پہلے سال کی طالبہ شیما فاطمہ کو آواز دی گئی تو وہ ڈائس پر چلی آئی اور مائک تھام لیا۔ شاذ تمکنت کے فن اور شخصیت پر بھرپور روشنی ڈالی اور ان کے چند خوبصورت اشعار بھی پیش کیے۔ ان کی نظم سے یہ چند اشعار پیش کئے گئے جو حاضرین نے بے حد پسند کیے۔

آخرِ شب کی اداسی نم فضاؤں کا سکوت
زخم سے مہتاب کے رستا ہے کرنوں کا لہو

دل کی وادی پر ہے اب موسمی گھٹاؤں کا سکوت
کاش کوئی غمگسار آئے مدارا تیں کرے
موم بتی کی سلگتی روشنی کے کرب میں
دکھ بھرے نغمے سنائے ، دکھ بھری باتیں کرے

تالیوں کی گونج میں شیما فاطمہ نے اپنی جگہ لی ۔ پھر آندھرا یونیورسٹی ،تلنگانہ یونیورسٹی ،علیگڑھ مسلم یونیورسٹی کے مقالہ نگاروں کو دعوت دی گئی اور انہوں نے اپنے مقالے پیش کئے ۔جنہیں سراہا گیا۔ڈائس پر تین مختلف یونیورسٹیوں کے صدور شعبہ اردو جس کے فرائض انجام دے رہے تھے۔ پہلے دن کے سیشن کے مقالہ نگاروں میں آخری نام متین احمد کا تھا۔ جب اس کا نام پکارا گیا تو اس نے بہت باوقار انداز میں ڈائس پر پہنچ کر مائک سنبھالا اور اپنا مقالہ پیش کیا۔اس نے اپنے مقالے میں کہا کہ شاذ صاحب کو زندگی سے بے حد پیار تھا اور انہوں نے زندگی سے ٹوٹ کر پیار کیا ہے اس لئے جب وہ کہتے ہیں 'بے سجدہ نہیں گزرا بت خانہ عالم سے'' تو لگتا ہے وہ سچ کہہ رہے ہیں۔شاذ صاحب کی ایک اہم خصوصیت ان کا وہ احساس حسن ہے جو لمسیاتی اور حسیاتی کیفیتوں سے مملو ہے۔ان کا یہ احساس کہ چاند نکلے گا تو شاعر کو محبوب کی یاد ستائے گی جو چاند ہی کی طرح حسین ہے۔یہ مصرعے دیکھئے۔

رات بھر بھر مرے ارماں کا سیہ تاب چراغ
جھلملائے گا مجھے نیند نہیں آئے گی اور
چاند پھر دائرے سے زاویہ ناخن تک
گھٹتا جائے گا مجھے نیند نہیں آئے گی

اس نے اپنے مقالے میں بے شمار اشعار سے یہ ثابت کرنے کی کوشش کی کہ شاذ تمکنت ایک حساس دل رکھتے تھے اور ان کی شاعری میں دکھ، درد اور غم کا احساس بھرا پڑا ہے۔

؎ کس لئے زخم لالے کے بھرتے نہیں
پھول مرجھائے کے فردا کرتے نہیں

؎ شیشۂ دل ہوں ترے ہاتھ سے ٹوٹا ہوں ابھی
کوئی آئے مجھے چن لے کہ میں بکھرا ہوں ابھی

؎ تو اگر مری ہوتی، رنگ ہی دگر ہوتا
غم کا شادمانی کا، میری زندگانی کا

متین جب اپنا مقالہ پیش کررہا تھا تو اس کے پیش کرنے کا انداز، اس کی خوداعتمادی دیکھ کر شیما متاثر ہوئے بغیر نہ رہ سکی۔ وہ جانتی تھی کہ متین جو اس کا کزن تھا اسے وہ پہلی بار اس سمینار میں دیکھ رہی تھی۔ اس کی امی اور خالہ نزہت بیگم میں ان بن تھی اور کئی سال سے وہ ایک ہی شہر، شہر حیدرآباد جو کہ گنگا جمنی تہذیب کا گہوارہ تھا اسی محبت واخوت کے شہر میں رہتے ہوئے ایک دوسرے سے دور تھے اور خاندان کے دوسرے بزرگوں نے بھی ان کے آپسی اختلافات کو مٹا کر انہیں آپس میں ملانے کی کوشش نہیں کی تھی۔ متین یہ نہیں جانتا تھا کہ شیما بھی اس کی کزن ہے کیونکہ اس نے اسے بچپن میں دیکھا تھا اور پھر اس کے بعد ان دو خاندانوں میں اختلافات ہوگئے تھے۔ شیما نے سوچا کہ اب وقت آ گیا ہے کہ ان دو خاندانوں کو ملایا جائے۔ شاید اس سمینار کے باعث اللہ تعالی نے راستہ نکالا ہو۔ چنانچہ سمینار کے اختتام پر اس نے متین سے ملنا طے کرلیا۔

دوسرے دن سمینار کے اختتامی اجلاس میں ججوں نے انعامات کا اعلان کردیا۔

متین کو اول انعام کا مستحق قرار دیا گیا اور دوسرے و تیسرے انعام کیلئے بالترتیب سیما فاطمہ حیدر آباد یونیورسٹی اور شائستہ ترنم تلنگانہ یونیورسٹی کو حقدار ٹھہرایا گیا۔ سمینار کے شرکاء نے انعام پانے والوں کو مبارکباد دی۔ شیما نے بھی آگے بڑھ کر پر جوش انداز میں متین کو پہلا انعام حاصل کرنے پر تہہ دل سے مبارکباد پیش کی جسے قبول کرتے ہوئے اس نے بھی شیما کو گرمجوشانہ انداز میں مبارکباد دی۔ جسے اس نے مسکراتے ہوئے قبول کیا۔ پھر اس نے کہا کہ ''اگر آپ مجھے علحد گی میں دس منٹ کا وقت دیں تو میں آپ کی بے حد مشکور ہونگی۔ آپ سے کچھ ضروری باتیں کرنی ہیں؟'' ٹھیک ہے ابھی چلتے ہیں! وہ سمینار ہال سے نکل کر باہر لان میں بچھی سمنٹ کی بنچ پر آ بیٹھے۔ گفتگو کی پہلی کرتے ہوئے متین نے پوچھا'' کہئے محترمہ شیما، کیا باتیں کرنا چاہتی ہیں آپ۔؟''

''سب سے پہلے تو یہ کہ میں اپنا تعارف کروانا چاہتی ہوں۔ میں نے آپ کا نام سن رکھا ہے اور یہ بھی جانتی ہوں کہ آپ عثمانیہ یونیورسٹی سے ایم اے کررہے ہیں۔ دراصل میں آپ کی کزن ہوں، آپ کی خالہ رخسانہ بیگم کی بیٹی۔!'' یہ سن کر متین حیرت زدہ رہ گیا ''کیا واقعی۔ مجھے بے حد خوشی ہوئی یہ جان کر۔ دراصل میں نے آپ کو آخری بار جب دیکھا تھا آپ بہت چھوٹی تھیں۔ غالباً پرائمری اسکول کی طالبہ ہونگی۔ عجیب اتفاق ہے کہ اس سمینار کی وجہ سے آپ سے ملاقات ہوگئی۔''متین نے خوشی کا اظہار کرتے ہوئے کہا۔

''جی آپ ٹھیک کہہ رہے ہیں۔ کئی سال سے دو خاندانوں میں تعلقات جو نہیں ہیں۔ اور میں چاہتی ہوں کہ یہ فاصلے اب مٹ جانے چاہئے۔ دو بہنوں کے خاندان اپنی کدورتیں مٹا کر آپس میں مل لینا چاہئے۔ اس کے لئے ہمیں آگے آنا ہوگا۔ اس بات میں شائد اللہ رب العزت کی کچھ مصلحت ہوگی کہ اس سمینار کو ہماری ملاقات کا ذریعہ بنایا ہو۔!''

کہتے ہیں کہ ہر کام ہر کوشش خلوص دل سے اور پاک نیت سے کی جائے تو اللہ رب العزت اسے کامیابی سے ہمکنار کرتا ہے۔اور یہی ہوا۔متین اور شیما کی پر خلوص کوششیں بار آور ہوئیں اور شیما کی امی، رخسانہ بیگم اور متین کی والدہ نزہت بیگم جو رخسانہ بیگم سے چھوٹی تھیں ،دونوں ہی نے اپنی سابقہ کدورتیں بھلا کر ایک دوسرے سے بغلگیر ہوگئیں۔رخسانہ بیگم نے جب اپنی بانہیں پھیلائیں تو نزہت بیگم بے اختیار آگے بڑھیں اور اپنی بڑی آپا کے کشادہ سینے سے جالگیں اور دونوں ہی کی آنکھیں اشکبار ہونے لگیں۔یہ منظر اتنا جذباتی تھا کہ متین اور شیما کی پلکیں بھی بھگو گیا تھا۔

وقت کا پنچھی کچھ اتنی تیزی اور بلندی پر محو پرواز رہا کہ مہینے سال میں بدلتے چلے گئے۔متین نے ایم اے اعلیٰ نشانات سے کامیاب کیا پھر ایم فل کی تکمیل بھی کر ڈالی اور صدر شعبہ اردو جواد صاحب کی محبت وشفقت سے اسے ڈگری کالج میں لکچررشپ بھی مل چکی تھی۔ ان ہی کی ایما پر وہ اب پی ایچ ڈی کی تیاری کر رہا تھا۔جن مسائل کیلئے وہ پریشان رہا کرتا تھا وہ بھی اللہ تعالیٰ نے حل کر دیئے تھے۔اس کی دونوں بہنوں کی اچھے اور شریف گھرانوں میں شادیاں ہو چکی تھیں۔ابوشکور صاحب ملازمت سے سبکدوش ہو گئے تھے اور چھوٹا بھائی اب انجینئرنگ کی تعلیم حاصل کر رہا تھا۔

شیما نے ابھی ایم اے،اول درجے میں کامیاب کیا تھا اور لڑکیوں کے کالج میں درس وتدریس میں جٹ گئی تھی۔ وہ اور متین فرصت کے اوقات میں ملا کرتے اور مختلف موضوعات پر گفتگو کرتے۔شیما کے دل کے سنگھاسن پر وہ دبے قدموں آ بیٹھا تھا۔شادی کے تصور کے ساتھ ہی ایک میٹھی میٹھی کسک اس کے سارے وجود میں جاگ پڑتی ہونٹوں پر دبیز مسکراہٹ پھیلنے لگتی اور اس کی پلکیں خوشی کے احساس سے بھیگنے لگتی۔ وہ ان خوبصورت

لمحوں کو تلاش کرتی جو متین کی رفاقت میں گزرے تھے۔ وہ وہ اس کی شخصیت کے مختلف پہلوؤں پر غور کرنے لگتی۔

ایک دن اس کی امی رخسانہ بیگم نے اس کے کمرے میں آ کر اس سے کہا ''شیما تمہارے ابو تمہاری شادی کیلئے بہت فکر مند ہیں اور اب وقت آ گیا ہے کہ تمہارے ہاتھ پیلے کر ڈالیں۔ میں بھی یہیں چاہتی ہوں۔ تمہاری خواہش پر ہم نے تمہیں آگے پڑھنے کی اجازت دی اور اب تمہاری تعلیم بھی مکمل ہو چکی ہے۔ تم اگر کسی لڑکے کو پسند کرتی ہو تو مجھے بتا دو، ورنہ بہت سے رشتے تمہارے لئے آئے ہوئے ہیں اسی میں جو مناسب ہوگا طئے کر دیں گے۔''

''ٹھیک ہے امی۔ میں نزہت خالہ کے لڑکے متین کو پسند کرتی ہوں۔ آپ بات آگے بڑھائیں۔!'' شیما نے کہا اور شرماتے ہوئے کمرے سے باہر چلی گئی۔!

اِدھر جب نزہت بیگم نے متین سے کہا ''تمہارے ابو اور میں اب یہ چاہتے ہیں کہ تمہاری شادی کر دی جائے تا کہ بہو کے گھر آ جانے سے گھر میں بہار آ جائے اور تمہارے لئے ہم نے جو لڑکی پسند کی ہے وہ کوئی اجنبی نہیں ہے۔ اسے تم بھی جانتے ہو۔ وہ کوئی اور نہیں شیما ہے۔! کہو اس بارے میں تمہاری کیا رائے ہے۔!''

دفعتاً اس کے دوست نثار کے کہے ہوئے الفاظ اس کے ذہن میں گونجنے لگے ''وجودِ زن سے تصویرِ کائنات میں رنگ''۔ پھر اس رشتے کیلئے اس نے 'ہاں' کہہ دی۔!'' اور وہ گنگنانے لگا۔

تم کو دیکھا تو یہ خیال آیا زندگی دھوپ تم گھنا سایہ

×××

سیڑھی

''اس کے عزم اور خود اعتمادی پر اس کی اپنی خود اعتمادی متزلزل ہونے لگی۔!''

وہ جب اٹھ کر جانے کی سوچ رہا تھا تو ایمن نے کہا''تم نے جب میرے دامن پر اپنی جبین نیاز ٹیکی تھی تو کتنی قسمیں کھائی تھیں۔محبت کی، وفا کی، ساتھ نبھانے کی۔اس وقت تم خود مجھے بلند معبود لگ رہے تھے۔کیا نور تھا تمہارے چہرے پر، کتنا وقار تھا تمہاری پشیانی پر۔کتنا اعتماد تھا تمہاری آنکھوں میں۔تمہارے پاک جذبوں کی سچائی نور بن کر تمہارے چہرے پر پھیل رہی تھی۔کتنا جادو تھا تمہاری شخصیت میں اور کتنی صداقت تھی تمہاری زبان پر۔اور میں نے تمہیں اپنے دل کے سنگھاسن پر بٹھا لیا تھا۔!

''ہاں ایمن تم جو کہہ رہی ہو بالکل سچ ہے لیکن وقت کے ساتھ ساتھ حالات بھی تو بدلتے ہیں۔ خیالات بھی بدلتے ہیں۔بس یوں سمجھو کہ وقت بدلا اور میرے خیالات بھی بدل گئے۔!''

سمیر نے کہا اور اٹھ کھڑا ہوا۔جانے کیلئے اور کبھی نہ آنے کیلئے۔

''کیا تم واقعی جا رہے ہو۔مجھ سے دور۔!''ایمن حیرت زدہ سی اسے دیکھنے لگی۔

''ہاں ایمن میں جا رہا ہوں۔تم سے دور۔ ہمیشہ کیلئے۔میرا انتظار مت کرنا۔یہ سمجھ لینا کہ ایک خود غرض شخص تھا۔اچھا ہی ہوا کہ تم سے دور چلا گیا۔!''سمیر نے کہا

''ٹھیک ہے جاؤ لیکن ایک بات سن کر جاؤ۔عورت جب کسی سے محبت کرتی ہے، کسی کو چاہتی ہے تو پھر اس کے دل میں کسی اور شخص کیلئے جگہ نہیں ہوتی۔اگر مرے جذبوں میں سچائی ہے تو

تم ایک دن ضرور میرے پاس لوٹ آؤ گے۔ یہ میرا ایقان ہے۔!'' ایمن کے لہجے میں خود اعتمادی تھی۔اُس نے ایک نگاہ غلط اس کے وجود پر ڈالی۔اس کی گہری گہری پرکشش آنکھوں میں ناگواری کے واضح تاثرات تھے اور خوبصورت و وجیہ چہرے پر بیزاری کی جھلک نمایاں تھی۔پھر وہ رکا نہیں چلا گیا۔

ایمن اپنی اداس آنکھوں میں دھند سمیٹے ان راہوں پر اس کو جاتا ہوا دیکھتی رہی۔شام کے سرمئی اندھیروں میں اس کا سایہ بھی دھندلا کر ڈوب گیا۔اس کا دل اس خاموشی اور اداسی کے کربناک سناٹوں میں بکھرنے سا لگا۔ بڑی بے بسی سے اس نے اپنی بھیگی بھیگی پلکیں صاف کیں۔اس نے اپنے اندر ہر دکھ کو بڑی خوبصورتی سے جذب کر لیا تھا اور کمال ضبط سے پلکوں پر ہی دل کے خون کو بہنے سے روک لیا تھا۔مدھم مدھم روشنی میں وہ اس کے چہرے کے دکھی اور کربناک تاثرات کو نہ پڑھ سکا۔اس کی پیاسی نگاہوں پر چھائی ہوئی شبنم کے پیچھے معصوم سی کانپتی ہوئی التجائیں نہ دیکھ سکا۔اس کی ساری خواہشات کو روند کر کیسی بے نیازی سے چلا گیا تھا۔وہ اپنی پلکوں پر جلتی سلگتی برسات کا بوجھ لئے پلٹ آئی۔آنکھوں میں دکھ کی پرچھائیاں لرز رہی تھیں اور اس نے اپنے بکھرتے ہوئے وجود کو نرم بستر پر ڈال کر اپنی آنکھیں موندلیں۔

آج سے کوئی پانچ چھ سال قبل کی بات ہے۔رات کے کوئی نو بج رہے تھے۔ دروازے پر کوئی دستک دے رہا تھا۔گھر میں وہ،اس کی چھوٹی بہن سائمہ اور امی ابو کے علاوہ کوئی اور نہیں تھا۔ابو کو چند ماہ قبل فالج کا حملہ ہوا تھا اور وہ بس اپنے بستر اور کمرے کے ہو کر رہ گئے تھے۔ایمن نے آگے بڑھ کر دروازہ کھولا سامنے نیلے پینٹ اور دھاری دار اسی سے میچ کرتا ہوا بشرٹ پہنے ہوئے ایک وجیہہ پرسنالٹی کا مالک نوجوان کھڑا تھا۔ہونٹوں پر

دبیز مسکراہٹ لئے اس نے اسے سلام کیا۔تو جواب میں اس نے سلام کا جواب دیتے ہوئے کہا ''معاف کرنا میں نے آپ کو پہچانا نہیں۔!''

''غالباً'' آپ ایمن ہیں۔ مجھے سمیر کہتے ہیں۔میں آپ کی پھوپی بدرانساء کا بڑا لڑکا ہوں۔!'' سمیر نے متانت سے کہا۔ان دونوں کی گفتگو کی آوازیں جب صالحہ بیگم نے سنیں تو ایمن کو آواز دی ''کون ہے بیٹی۔کیا اسے اندر آنے نہیں دوگی۔دروازے ہی پر کھڑا رکھوگی۔!''

اُسے جب اپنی غلطی کا احساس ہوا تو اس نے ندامت سے کہا'' معاف کیجئے گا۔اندر تشریف لائیے گا۔!'' سمیر جب اندر داخل ہوا تو صالحہ بیگم نے آگے بڑھ کر اس کے سلام کا جواب دیتے ہوئے اسے گلے سے لگالیا اور پوچھنے لگیں'' تم کب آئے۔بدر کیسی ہے۔تمہارے پاپا اور چھوٹے بھائی بہن کیسے ہیں۔!''

''الحمد للہ سب لوگ خیریت سے ہیں امی اور پاپا نے آپ دونوں کو سلام کہلا بھیجا ہے اور ماموں جان کی خیریت معلوم کی ہے۔!'' صالحہ بیگم اسے لئے ہوئے عارف صاحب کے کمرے میں پہنچیں جہاں وہ فریش تھے۔!سمیر نے آگے بڑھ کر ماموں کو سلام کیا اور ان کے ہاتھ اپنے ہاتھوں میں لے کر ان کی خیریت دریافت کی۔!

''ہاں اللہ کے کرم سے کچھ افاقہ ہوا ہے۔واکر کے سہارے اب ہلکا ہلکا چلنے کی کوشش کر رہا ہوں۔!'' پھر انہوں نے صالحہ بیگم سے پوچھا'' کیا اب صرف باتیں ہی کروگی یا اس سے کھانے کا پوچھوگی۔ چلو بیٹے تم منہ ہاتھ دھوکر فریش ہو جاؤ۔ باقی باتیں کھانے کے بعد ہونگی۔! عارف صاحب نے کہا تو وہ واش روم چلا گیا۔!چار پانچ گھنٹے بس کے سفر کی تھکان نیم گرم پانی سے منہ ہاتھ دھونے پر جاتی رہی۔اور وہ سفید کرتا پاجامہ پہنے کھانے کی ٹیبل پر جب آیا تو ایمن بس اسے دیکھتی ہی رہ گئی اور دل ہی دل میں کہہ اٹھی۔کتنی وجیہہ شخصیت کے مالک ہیں وہ۔!

سمیر احمد عارف صاحب کی چھوٹی بہن بدرالنساء کا بڑا لڑکا تھا جو ضلع نظام آباد میں بیاہی گئی تھیں سمیر کے پاپا کی پارچے کی ایک چھوٹی سی دکان تھی جو بہت اچھے انداز میں وہ گزشتہ پندرہ بیس برسوں سے چلا رہے تھے۔ سمیر سے چھوٹا ایک بھائی تھا جو کہ دسویں جماعت کا طالب علم تھا۔ ایک بہن بھی تھی جو بہت چھوٹی تھی اور چھٹویں درجے میں زیر تعلیم تھی ۔کھانے سے فارغ ہونے کے بعد سمیر عارف صاحب کے پاس چلا آیا۔ دوران گفتگو اس نے انہیں بتایا کہ انٹر میں نمایاں کامیابی کے بعد اس نے ایمسٹ لکھا اور بہت اچھا رینک حاصل کیا۔ انجینئرنگ کونسلنگ کے بعد اسے کمپیوٹر سائنس میں داخلہ مل گیا ہے۔ امی کا خیال ہے کہ ہاسٹل میں قیام کرنے کے بجائے آپ کے پاس قیام کر کے تعلیم حاصل کروں کیونکہ آپ کے پاس کوئی لڑکا نہیں ہے جو گھریلو ضرورتوں کا خیال رکھے۔ اگر آپ اجازت دیں تو میں اس گھر میں رہ کر اپنی تعلیم جاری رکھونگا ورنہ کسی ہاسٹل میں قیام کے لئے سوچونگا۔!

اس کی پوری بات سن کر عارف صاحب سے پہلے ہی صالحہ بیگم کہنے لگیں۔'' یہ تم نے کیسی غیروں جیسی بات کہی ہے۔ ہمیں خوشی ہوگی کہ تم ہمارے پاس رہ کر تعلیم حاصل کرو۔ بخوشی تم یہاں قیام کر سکتے ہو اور اس گھر کے ایک فرد کی طرح اس گھر کو اپنا گھر سمجھ سکتے ہو۔!''

''ہاں بیٹا سمیر۔ تم بلا تکلف اس گھر میں قیام کرو جب تک کہ تمہاری تعلیم مکمل نہ ہو جائے۔ تمہاری شکل میں اس گھر میں جو لڑکے کی کمی ہے وہ اللہ کے فضل و کرم سے پوری ہو جائے گی۔ عارف صاحب نے کہا اس طرح سمیر اس گھر کا ایک فرد بن گیا۔ شروع شروع میں ایمن اور سائمہ اس سے تکلف برتا کرتیں پھر آہستہ آہستہ وہ بے تکلف ہو گئیں لیکن حیا اور شرم کا پردہ ہمیشہ ان کے درمیان حائل رہتا۔ ایمن نے سمیر کی ساری ضرورتوں کی ذمہ داری اپنے سر لے لی تھی۔ صبح سویرے جلد اٹھ کر سب کیلئے ناشتہ بناتی اور سمیر کو لنچ باکس بھی تھما دیتی۔ وہ

خود بھی تیار ہوکر کالج جاتی ۔ وہ بھی انٹر میڈیٹ سال اول کی طالبہ تھی ۔اس نے سائنس BiPC مضامین لے رکھے تھے ۔اور شام میں کھانے سے قبل سہ پہر چائے کا دور چلتا ساتھ میں ہر روز، سائمہ کو ساتھ لے کر کچھ نہ کچھ نمکین تیار کرلیتی ۔سمیر بہت مطمئن انداز میں اپنی تعلیم پر توجہ دے رہا تھا اور ساتھ ہی گھر کی ساری ضرورتوں کا خیال رکھتا۔ باہر کے ہر کام خود کرتا۔ایمن اور سائمہ کو تاکید کرتا کہ اس کی موجودگی میں وہ کبھی بازار کا رخ نہیں کریں گی ۔!

سمیر جب تیسرے سال میں تھا پہلا سمسٹر ہو چکا تھا شہر میں اچانک وبائی امراض پھوٹ پڑے ۔ ہر گھر میں ایک یا دو اس کا شکار تھے۔سمیر کو بھی وائیرل انفکشن کی وجہ سے بخار آ گیا تھا۔ ٹمپریچر اترنے کا نام نہ لے رہا تھا۔ مجبوراً اسے شریک دواخانہ کرنا پڑا۔ایمن نے خالہ امی بدرالنساء کو اطلاع دے دی تھی اور وہ پہنچنے ہی والی تھیں ۔دواخانہ میں سمیر کے ساتھ ایمن ہی تھی جو اس کی دیکھ بھال کررہی تھی اور پریشان بھی تھی کہ دو دن کی دوائیں بھی کچھ اثر نہ دکھا پائی تھیں ۔اس کے خون کا نمونہ لیا جا چکا تھا اور رپورٹس کا انتظار تھا۔سمیر غالباً سو رہا تھا اور ایمن اس کے سرہانے بیٹھی تھی ۔ پریشانی اور فکر اس کے چہرے سے عیاں تھی نجانے کب اس کی آنکھیں چھلک پڑیں اور اس کے آنسو سمیر کے چہرے پر ٹپک پڑے ۔اس نے آنکھیں کھول دیں تو دیکھا کہ ایمن کی آنکھوں سے انسو بہہ رہے تھے۔اس نے ایمن کے نرم ہاتھ اپنے ہاتھوں میں لے کر کہا ’’پگلی ہوگئی ہو۔بس معمولی سا بخار ہے ۔اللہ نے چاہا تو ایک دو دن میں صحت ہو جائے گی ۔تم پریشان نہ ہو ۔!‘‘

نہیں سمیر مجھے فکر ہورہی ہے کہ آخر ٹمپریچر نارمل کیوں نہیں ہو رہا ہے ۔!‘‘ اتنے میں ڈاکٹر اور نرس اس کے کمرے میں داخل ہوگئے ۔ڈاکٹر نے کہا ’’پریشانی کی کوئی بات نہیں ہے ۔رپورٹس آ گئے ہیں ۔خون کے معائنے سے پتہ چلا ہے کہ انہیں ٹائیفائیڈ ہے ۔

دوائیں بدل کر دی جا رہی ہیں۔ دو روز میں افاقہ ہو جائے گا گڈلک، آل دی بسٹ۔!'' یہ کہہ کر ڈاکٹر اور نرس چلے گئے تو سمیر نے کہا'' اب تو فکر چھوڑو۔!''

''سمیر تم شائد بھول رہے ہو کہ تم میرے لئے کتنے عزیز ہو میری جان سے بھی زیادہ۔ ابو کے گزرنے کے بعد تم نے جس طرح مجھے سہارا دیا، ٹوٹ کر بکھرنے سے بچایا وہ کوئی اور نہیں کر سکتا تھا۔ میں تمہیں بے انتہا چاہتی ہوں تمہیں اگر کچھ ہو جائے تو میں بے چین ہو جاتی ہوں۔!'' ایمن نے اپنی آنکھیں خشک کرتے ہوئے کہا۔ تو سمیر نے اس کے ہاتھ محبت سے دبا دیئے۔ کچھ کہا نہیں۔ خالہ امی آ چکی تھیں۔ تین چار دن دواخانے میں رکھ کر سمیر کو ڈسچارج کر دیا گیا تھا۔ وہ کچھ کمزور لگ رہا تھا۔ ڈاکٹر نے دوائیں لکھ دی تھیں اور کم از کم دو ہفتوں کے آرام کا مشورہ دیا تھا۔

وقت کا پنچھی محوِ پرواز تھا اور مہینے سال میں تبدیل ہو رہے تھے۔ ایمن نے کمپیوٹر سائنس میں تین سالہ کورس مکمل کر لیا تھا۔ ابو کے انتقال کے بعد اسے سینٹ انیس ڈگری کالج میں کمپیوٹر آپریٹر کی ملازمت مل گئی تھی۔ چھوٹی بہن سائمہ بھی اب انٹر سال اول میں داخلہ لے چکی تھی۔ سمیر نے بھی انجینئرنگ کی ڈگری اعلیٰ نشانات سے حاصل کر لی تھی۔ وہ بھی اب سافٹ ویر انجینئر ہو چکا تھا۔ حیدرآباد ہی میں ایک ملٹی نیشنل کمپنی میں اسے ملازمت مل چکی تھیں۔ یہ ملازمت بھی اسے ایمن کی وجہ سے حاصل ہوئی تھی۔ ایمن کی ایک عزیز سہیلی ارچنا کے فادر اس کمپنی کے ڈائرکٹر تھے اور ارچنا نے اپنے ڈیڈی سے سمیر کیلئے سفارش کی تھی۔ اس طرح سمیر کو ملازمت مل گئی تھی۔

سمیر جس کمپنی میں کام کر رہا تھا اسی میں ایک نازک اندام حسینہ جو دل پھینک مزاج کی حامل تھی اس کے ساتھ کام کرتی تھی اور یہ بھی ایک اتفاق تھا کہ وہ سمیر کی نشست کے بالکل روبرو بیٹھا کرتی۔ آنکھ جب بھی اٹھتی اس کے خوبصورت قد و خال سمیر کی نگاہوں

میں سما جاتے۔ یوں تو کمپنی میں اور بھی نوجوان اس کے قریب ہونے کی کوشش میں تھے لیکن شاہینہ کسی کو چارہ نہ ڈالتی۔ نجانے کیوں سمیر اسے پسند آ گیا تھا اور وہ آہستہ آہستہ اس کے جال میں پھنستا جا رہا تھا۔!

ایمن نے بھی محسوس کیا تھا کہ سمیر میں آہستہ آہستہ تبدیلی آتی جا رہی ہے۔ کیونکہ کمپنی کے اوقات کے بعد بھی سمیر زیادہ وقت باہر گزارنے لگا تھا۔ ایمن اگر پوچھتی تو وہ کوئی بہانا بنا کر ٹال دیتا۔ اُسے محسوس نہ ہونے دیتا کہ وہ شاہینہ کے جال میں پھنس گیا ہے۔!

بالآخر آج وہ اسے چھوڑ کر چلا گیا تھا۔ اس نے صاف لفظوں میں کہا تھا کہ وہ اس کا انتظار نہ کرے لیکن کیا یہ ممکن تھا۔ کیا ایمن اسے بھول سکتی تھی یا کسی اور کو اپنے دل کے سنگھاسن پر بٹھا سکتی تھی۔ کتنی آسانی سے وہ کہہ گیا تھا۔ کیا برسوں کی رفاقت لمحوں میں بھلائی جا سکتی تھی۔ وہ سوچ رہی تھی کیا مرد بھی اتنے خودغرض ہوا کرتے ہیں۔ کیا سمیر نے اسے سیڑھی کے طور پر استعمال کیا تھا کہ ترقی کے زینے طئے کرنے اور اوپر چڑھنے کیلئے سیڑھی کی ضرورت ہوتی ہے۔ وہ یہی سوچ سوچ کر بکھرنے لگتی اور اس کی پلکیں بھیگ جاتیں۔ پھر اس کے دل سے آواز اتی ''ایمن کیا تم اتنی کمزور ہو کہ ٹوٹ کر بکھر جاؤ۔ نہیں۔!'' اگر تمہاری محبت سچی ہے تمہارے جذبوں میں خلوص ہے اور سچائی ہے تو یاد رکھو تمہارا سمیر ضرور تمہارے پاس لوٹ آئے گا۔ بس بارگاہ ایزدی میں گڑگڑا کر دعا کرو پھر دیکھو نتیجہ تمہارے سامنے رہے گا۔!''

اس کا دل اس کی ڈھارس بندھاتا۔! وہ مالک عرض وسماں کے آگے سجدہ ریز ہو کر دعا کرتی کہ سمیر جہاں رہے خوش رہے۔! اور نہ چاہتے ہوئے بھی اس کی منتظر رہتی۔!

پھر اللہ رب العزت نے اس کی دعائیں قبول کر لی۔ رات کے کوئی گیارہ بج رہے تھے۔ باہر دھواں دھار بارش ہو رہی تھی۔ فلک پر بجلی بھی کڑک رہی تھی۔ اس کی امی اور سائمہ

دونوں اپنے اپنے کمروں میں سو رہے تھے ایمن گھر کے دروازے اور کھڑکیوں کے کواڑ بند کر کے خود بھی سونے جا رہی تھی کہ دفعتاً اس نے دستک کی آواز سنی ۔ دروازے پر کوئی دستک دے رہا تھا۔اس نے آگے بڑھ کر دروازہ کھول دیا۔ پھر یہ دیکھ کر وہ حیرت زدہ رہ گئی کہ سمیر سر سے پیر تک بارش کے پانی سے بھیگا ہوا اس کے سامنے کھڑا تھا۔ وہ اسے دیکھ کر گنگ ہوگئی تھی ۔اچانک سمیر یہاں کیسے آگیا تھا وہ تو کبھی نہ آنے کیلئے گیا تھا۔!''

سمیر بول اٹھا۔''تمہارا مجرم تمہارے سامنے ہے۔اسے دھتکار دو۔ وہ تمہارے جذبوں کی سچائی کو نہ سمجھ سکا تھا۔تمہاری محنت اور خلوص کو ٹھکرا کر چلا گیا تھا لیکن اب وہ جان گیا ہے سچائی اور فریب کیا ہوتے ہیں۔ واقعی تمہارے عزم اور تمہارے اعتماد کے آگے میرا عزم جو کہ بھرم تھا صرف بھرم، وہ ٹوٹ کر بکھر گیا۔شاہینہ جس کے حسن کے جال میں میں پھنس گیا تھا وہ کسی اور کی ہوگئی ۔ایمن مجھے معاف کردو پلیس ۔!'' وہ التجا کرنے لگا۔

''سمیر برسوں کی رفاقت کیا اتنی کمزور ہوتی ہے کہ کسی کچے دھاگے کی طرح بس ایک جھٹکے سے ٹوٹ جائے کتنی رنگین شامیں ہم نے ایک ساتھ گزاری تھیں ۔اور کیسے ہم نے اپنی رفاقت کے احساس کی دھیمی دھیمی لو پر خوبصورت جذبوں سے خود کو ہمکنار کیا تھا۔ کیا تم یہ سب کچھ بھول سکتے ہو۔نہیں نا۔تو آؤ اپنی اپنا انا کی آگ کو بجھا کر ہم پھر سے زندگی کی نئی صبح کو سلام کریں اور اپنی محبت کے خوبصورت جذبوں کو نئے رنگ اور نئی خوشبو عطا کریں تا کہ زندگی پھر سے معطر ہو جائے۔!'' وہ آگے بڑھی اور سمیر کے وجود کو اپنی بانہوں میں بھر لیا۔!''

گولڈ میڈل

''محبت ایک سچائی ہے۔ اس کے سامنے خون کے سارے رشتے جھن جھن کر ٹوٹ جاتے ہیں اور دو اجنبی نا آشنا پیکر ایک نیا رشتہ قائم کرتے ہیں۔ ان سے اونچا ان سب سے اعلیٰ'' سنا تم نے۔ عاصم نے اسے تقریبا'' جھنجھوڑتے ہوئے کہا۔
اور وہ اسے بس خالی خالی آنکھوں سے دیکھتی رہی جیسے اسے عاصم کی کسی بھی بات سے کوئی سروکار نہ ہو۔ عاصم نے اسے یوں خالی خالی نظروں سے دیکھتے ہوئے دیکھا تو پھر کہہ اٹھا ''حنا آخر تمہیں ہو کیا گیا ہے۔ یوں تم کب تک میرے جذبوں کو پامال کرتی رہوگی۔ دیکھو حنا دلوں سے اگر محبت کا بھرم نکل جائے تو دنیا سے اعتماد رخصت ہو جائے اور یہ ساری دنیا پاش پاش ہو جائے اور میں نے اپنے دل کے نہاں خانوں میں اس بات کو چھپا رکھا ہے۔ کیا تم یہ نہیں جانتی ہو کہ محبت کا کنول تو دل میں ایک بار ہی کھلتا ہے۔ اور میں نے بارہا تم سے کہا ہے کہ تم ہی وہ دیوی ہو جسے میں نے اپنے دل کے سنگھاسن پر بٹھا رکھا ہے اور دن رات تمہاری عبادت کرتا ہوں۔!'' عاصم نے اسے بارہا یہ جتلانے کی کوشش کی تھی کہ وہ اس سے بے حد پیار کرتا ہے اور اسے اپنی شریک حیات کے روپ میں دیکھنا چاہتا ہے۔!''
عاصم۔! پلیز تم یہاں سے چلے جاؤ۔ تمہارے ان جذبوں کیلئے میرے پاس کچھ نہیں ہے۔ میں تمہیں کچھ نہیں دے سکتی۔ پلیز تم چلے جاؤ۔!'' حنا نے کہا اور دوڑتی ہوئی

اپنے کمرے میں چلی آئی۔!

اور عاصم کچھ دیر یوں ہی ٹھیرا رہا اور اس رخ پر دیکھتا رہا جس پر دوڑتی ہوئی حنا چلی گئی تھی۔ پھر وہ دبے دبے قدموں سے حنا کے گھر سے باہر چلا آیا اور کسی ہارے ہوئے جواری کی طرح بوجھل بوجھل قدموں سے اپنی رہائش گاہ کی جانب بڑھتا چلا گیا۔ وہ سوچ رہا تھا کہ غنیمت ہوا کہ اس وقت گھر میں نہ ہی خالہ جان تھیں اور نہ ہی خالو جان اگر یہ دونوں گھر پر ہوتے تو پھر اللہ ہی جانتا ہے کہ کیا ہو جاتا۔! پھر ایک عزم کے ساتھ اس نے دل ہی دل میں کہا ''حنا تم لاکھ انکار کرتی رہو لیکن دیکھنا تم ایک دن میری ہو جاؤ گی۔ میرے یہ بے لوث جذبے ضرور اپنا اثر دکھائیں گے۔!

عاصم اور حنا خالہ زاد بھائی بہن تھے۔ عاصم، حنا کو دل و جان سے چاہتا تھا اور اس سے شادی کرنا چاہتا تھا لیکن نجانے کیوں حنا اسے پسند نہیں کرتی تھی۔ ظاہری وجہ صرف یہی تھی کہ وہ دیکھنے میں خوبرو نہ تھا۔ نقوش تو ٹھیک تھے لیکن رنگ کچھ سانولا تھا لیکن چہرے پر مٹھاس ضرور تھی۔ ویسے اس نے سیول انجینئرنگ میں ڈگری لی تھی اور ساتھ ہی سافٹ ویر میں بھی ایسے کورس کئے تھے جن کی بہت مانگ تھی۔ پھر قسمت مہربان ہوئی تو یہیں حیدرآباد میں ایک ملٹی نیشنل کمپنی میں اچھی اور قابل رشک پوسٹ پر اسے ملازمت مل گئی تھی۔ ساتھ ہی کمپنی کے گیسٹ ہاوز میں اسے ایک علحدہ کمرہ رہائش کیلئے دیا گیا تھا۔ اس کے والدین ضلعی ہیڈ کوارٹر نظام آباد میں رہتے تھے۔ ان کی کمپنی کے اوقات کار میں ہفتے میں پانچ دن کام اور دو دن ہفتہ اور اتوار کو چھٹی رہا کرتی تو وہ ہر جمعہ کی شام والدین سے ملنے نظام آباد چلا جاتا۔

عاصم کے والد بھی سرکاری ملازم تھے اور انہوں نے بھی انجینئرنگ میں ڈگری لی تھی۔ ڈپٹی ایگزیکٹیو انجینئر (آبپاشی) تھے اور نظام آباد پر ہی مامور تھے۔ مکان جدید طرز پر بنائی گئی

کالونی سبھاش نگر میں تھا اور الحمد اللہ معاشی طور پر مستحکم تھے۔ عاصم سے بڑی ایک بہن تھیں جس کی شادی کے فرض سے وہ سبکدوش ہو چکے تھے اور وہ اپنے شوہر کے ساتھ خلیجی ملک ریاض میں مقیم تھیں۔ عاصم سے چھوٹا ایک بھائی تھا جو ابھی انٹرمیڈیٹ پہلے سال کا طالب علم تھا۔ اس کی امی ریحانہ بیگم ایک گھریلو خاتون تھیں اور گھریلو کام کاج سے فرصت ملتے ہی نماز اور تلاوت قرآن پاک میں مشغول ہو جاتیں۔ ریحانہ بیگم اپنی بڑی بہن صالحہ بیگم سے بہت محبت کرتی تھیں ان کی ذرا بھی طبیعت خراب ہوتی تو فوراً حیدرآباد پہنچ جاتیں اور تب تک واپس نہیں لوٹتیں۔ جب تک کہ صالحہ بیگم مکمل صحت یاب نہ ہو جاتیں۔ حنا کے ابو شروع ہی سے بزنس مین تھے اور حیدرآباد کے پارچہ مارکٹ میں ان کی ہول سیل کی دکان تھی۔ وہ اپنی تجارت کے باعث بہت مصروف رہتے۔

صالحہ بیگم کو بھی اللہ رب العزت نے اولاد کی نعمت سے سرفراز کیا تھا۔ انہیں تین لڑکیاں اور دو لڑکے تھے۔ جن میں حنا دوسرے نمبر پر تھی۔ اس سے بڑی بہن صبا تھی جس کی شادی ہو چکی تھی اور وہ اپنے سسرال میں خوشحال زندگی گزار رہی تھی۔ اس کے شوہر بھی تاجر پیشہ ہی تھے۔ ان کے آٹو موبائیل کے کاروبار تھے۔ حنا سے چھوٹی ایک بہن ثنا تھی جو انٹر میڈیٹ کے دوسرے سال کی طالبہ تھی۔ دو بھائی چھوٹے تھے جو ابھی ہائی اسکول کے طالب علم تھے۔ حنا نے جب گریجویشن کامیاب کر لیا تو اس کے ابو نے کہا ''بس اب تم گھریلو کام میں مہارت حاصل کرو۔ اپنی امی کا ہاتھ بٹاؤ۔ یہی تمہیں آگے تمہاری اپنی زندگی میں کام آئے گا۔ لڑکیوں کو جتنی تعلیم حاصل کرنا چاہئے وہ تم نے حاصل کر لی ہے۔!''

''لیکن ابو، میں چاہتی تھی کہ آگے پوسٹ گریجویشن بھی کر لوں۔ گھر میں خالی بیٹھ کر کافی بور ہو جاؤنگی۔!'' اس نے دبے دبے لہجے میں احتجاج کیا۔!

""نہیں بیٹی، بالکل نہیں ۔ یہ میرے اصول کے خلاف بات کی تم نے ۔ میں لڑکیوں کی تعلیم کے خلاف نہیں لیکن گریجویشن سے آگے نہیں ۔!"" احمد صاحب نے سخت لہجے میں کہا اور آگے کہنے لگے۔ امور خانہ داری بھی لڑکیوں کو سیکھنا پڑتا ہے لہذا تم اب اپنی ساری توجہ امور خانہ داری سیکھنے پر مبذول کر دو ۔ اور تمہاری امی سے بہتر کوئی اور تمہیں اس میں ماہر نہیں کر پائے گا۔!""

حنا اب اپنی ماں صالحہ بیگم کا ہاتھ گھر کے ہر کام میں بٹاتی ۔ آہستہ آہستہ پکوان میں بھی اس نے مہارت حاصل کر لی تھی ۔ اب صالحہ بیگم کچھ سکون محسوس کرتیں کیونکہ حنا نے کچن کی ساری ذمہ داری سنبھال لی تھی اپنی امی سے بس اتنا پوچھ لیتی کہ آج ڈنر میں یا پھر ناشتہ میں کونسی ڈش بنانی ہے ۔ اس کے ابو احمد صاحب کھانے کے شوقین تھے اور جب کبھی انہیں حنا کی بنائی ہوئی کوئی ڈش بہت پسند آتی تو حنا کے ہاتھ میں پانچ سو روپئے انعام کے طور پر تھما دیتے تو وہ پھولی نہ سماتی ۔ اور صالحہ بیگم بس مسکرا کر اس کے تابناک مستقبل کی دعائیں دل ہی دل میں دینے لگتیں۔

عاصم اپنی ڈیوٹی سے فارغ ہو کر کبھی کبھی اپنی خالہ جان سے ملنے چلا آتا۔ مکان بنجارہ ہلز روڈ نمبر 3 پر تھا۔ چار سو گز پر مشتمل تھا۔ دو منزلہ عمارت تھی اور پچھواڑے میں ایک خوبصورت لان تھا۔ ساتھ میں چھوٹے چھوٹے خوبصورت پھولوں کی کیاریاں بھی تھیں ۔ سبزہ زار پر ایک جانب دو جھولے بھی لگائے گئے تھے تا کہ شام کے وقت، گھر کی خواتین اپنا وقت گزار سکیں ۔ ایک جانب بید کی کرسیاں اور ایک ٹی ٹیبل بھی رکھا گیا تھا تا کہ شام کی چائے سے لطف اندوز ہو سکے۔

آج جب عاصم صالحہ بیگم سے ملنے چلا آیا تو گیٹ پر موجود چوکیدار نے اسے

سلام کیا اور پھر گیٹ کھول دیا عاصم اپنی بائیک ایک جانب پارک کر کے باب الداخلے سے جب اندر داخل ہوا تو ملازمہ بوا سے اس کا سامنا ہو گیا جس نے اسے اطلاع دی کہ بیگم صاحبہ اور حنا بی بی دونوں ہی لان میں بیٹھے ہیں تو وہ بھی وہاں چلا آیا۔ اس نے جب صالحہ بیگم کو سلام کیا تو انہوں نے جواب میں اسے دعائیں دیتے ہوئے اپنے بازو والی کرسی پر بیٹھنے کا اشارہ کیا اور وہ جب بیٹھ گیا تو انہوں نے سوال کر ڈالا۔ سناؤ عاصم سب ٹھیک ٹھاک تو چل رہا ہے نا۔ ریحانہ اور خالد بھائی کیسے ہیں۔ بڑے دنوں بعد ادھر کا رخ کیا ہے۔ بیٹا یہ تمہارا اپنا گھر ہے کم از کم ہفتے میں ایک بار تو آیا کرو۔ تاکہ تم سب کی خیر خیریت معلوم ہو سکے۔!

''جی خالہ جان، آپ ٹھیک کہہ رہی ہیں۔ دراصل گذشتہ پندرہ دن، میں بنگلور میں تھا۔ کمپنی نے اپنے ایک پراجکٹ کے کام سے مجھے بھیجا تھا اسی لئے آپ کے پاس حاضر نہ ہو سکا۔ دو ہفتے سے وطن بھی نہ جا سکا۔ اس ہفتے انشا اللہ جاؤں گا۔ ویسے فون پر امی سے بات ہوتے رہتی ہے۔ اللہ کے فضل وکرم سے وہاں پر سب ٹیک ٹھاک ہے۔!؟؟ عاصم نے تفصیلی طور پر اپنے نہ آنے کی وجہ بتائی۔!''

''ٹھیک ہے عاصم۔! تم بیٹھو حنا سے باتیں کرو۔ میں تمہارے لئے چائے اور کچھ نمکین بھجواتی ہوں۔!؟؟ صالحہ بیگم اٹھ کر اندر چلی گئیں۔ تو عاصم نے حنا سے پوچھا ''کہو حنا کیسی ہو اور کیسی گذر رہی ہے۔!''

''بس ٹھیک ہوں اور ٹھیک ہی گزر رہی ہے۔ گھر کے کام کاج اور رسوئی کی ذمہ داری سے فرصت ذرا کم ہی ملتی ہے۔! جب خالی ہوتی ہوں تو کچھ دینی کتب کا مطالعہ کر لیتی ہوں۔!'' حنا نے نپے تلے انداز میں اسے جواب دیا پھر سوال کر بیٹھی '' وطن میں انکل اور

آنٹی کیسے ہیں۔!''

''الحمدللہ وہاں سب خیرت سے ہیں۔ایک بات کہوں اگر تم برا نہ مانو تو۔!'' عاصم نے کہا۔

''ضرور کہیئے۔ برا ماننے والی بات اگر ہو گی تو ضرور برا مانوں گی''۔حنا نے جواب میں کہا۔

''گلابی رنگ کے اس لباس میں تم واقعی گلاب کی طرح تروتازہ و خوبصورت لگ رہی ہو۔!'' عاصم نے اس کی تعریف میں کہا۔

''براہ کرم آپ شاعری نہ کریں۔ مجھے شاعری قطعی پسند نہیں ہے۔!''اس نے کاٹ دار لہجے میں کہا۔

''میں نے جو محسوس کیا ہے وہی کہا ہے۔اب اگر تم اسے شاعری سمجھتی ہو تو سمجھا کرو۔اللہ تمہیں نظر بد سے بچائے''۔! عاصم نے پھر کہا۔ اتنے میں ملازمہ بوا چائے کے ساتھ گرم گرم نمک پارے لے آئی ۔پھر وہ دونوں ہی ان سے انصاف کرنے لگے۔

''حِنا، امی تمہیں اکثر یاد کیا کرتی ہیں۔ کیوں نہ اگلے ہفتے دو دن کیلئے تم میرے ساتھ نظام آباد چلو تا کہ یہاں ہر روز کی یکسانیت سے کچھ تبدیلی بھی محسوس کرسکو گی اور ساتھ ہی امی سے بھی مل آ ؤ گی۔اگر تم چلنے تیار ہو تو میں خالہ جان و خالو جان سے اس خصوص میں بات کر کے اجازت حاصل کرلوں گا۔!'' عاصم نے اپنے تئیں اسے انوائیٹ (Invite) کرڈالا۔

''ویک اینڈ (Week End) کیلئے ابھی تین چار یوم باقی ہیں۔ مجھے ایک دن کا وقت دیجئے تا کہ سوچ کر بتا سکوں۔ویسے آپ کی اس دعوت کا بہت بہت شکریہ۔''

اس میں شکریہ والی کوئی بات نہیں ہے۔اگر تم چلو گی تو امی بہت خوش ہوں گی اور مجھے بھی اچھا لگے گا۔!'' پھر وہ وہاں سے اٹھا اور صالحہ بیگم سے اجازت لے کر اپنے گیسٹ ہاؤس کی جانب چل پڑا۔

دوسرے دن شام میں عاصم نے حنا کو اس کے موبائیل پر کال کیا۔حنا نے جواب

میں کہا ''عاصم بھائی ۔ میں نے امی سے سرسری طور پر بات کی ہے ویسے تو انہوں نے اجازت دی ہے لیکن ابو سے بھی اجازت لینی ہوگی آپ ابو سے اجازت لے لیں اگر وہ اجازت دے دیں تو مجھے کوئی اعتراض نہیں ہے۔!''

''ٹھیک ہے حنا۔! میں گھر آ کر خالو جان سے اجازت لے لوں گا۔تم چلنے کی تیاری کرلو۔ میں اگلی جمعہ کی شام کی کسی نان اسٹاپ بس سروس کے ٹکٹ بک کروالیتا ہوں۔ عاصم نے کہا اورفون بند ہوگیا۔حنا نے محسوس کیا کہ عاصم کے لہجے میں خوشی پنہاں تھی۔ وہ کچھ لمحوں کیلئے اس کے جذبوں کی ستائش کرنے لگی۔ پھر بھی نجانے کیوں وہ اسے اپنے شریک زندگی کے طور پر قبول کرنے کیلئے تیار نہ تھی۔اس نے جو پیکر اپنے شریک زندگی کا تراشا تھا وہ ایک خوبرو،شکل وخوش لباس شہزادہ جیسا تھا اوراس سانچے میں عاصم کا فٹ ہونا مشکل ہی نہیں نا ممکن تھا۔

عاصم نے حسبِ پروگرام خالو جان سے اجازت حاصل کرلی تھی اور ہفتہ کے اختتام پر جمعہ کی شام وہ حنا کو لئے ہوئے اپنی ریزرو (Reserve) کی ہوئی نشستوں پر آ بیٹھے۔امی کو بھی اس نے اطلاع دے دی تھی کہ وہ حنا کے ساتھ جمعہ کی رات گیارہ بجے گھر پہنچ رہا ہے۔ ادھر ریحانہ بیگم بہت خوش تھیں کہ حنا بہت عرصہ بعدان کے گھر آ رہی ہے چنانچہ انہوں نے اس کے استقبال کیلئے سارے گھر کی صفائی کرڈالی۔اس کیلئے علیٰحدہ کمرہ مختص کرڈالا اوراس میں ضرورت کی ساری چیزیں قرینے سے رکھوادیا۔گل دانوں میں تازہ اورخوبصورت پھول رکھوائے جس کی بھینی بھینی خوشبو سارے کمرے کو معطر کررہی تھی۔

وہ دونوں ٹھیک رات ساڑھے گیارہ بجے گھر پہنچے۔ریحانہ بیگم بے چینی سے ان کی منتظر تھیں۔رات گیارہ بجے سے ہی ان کی آنکھیں باب الداخلہ کا باربارطواف کرنے لگی

تھیں اور کان کال بیل کی اواز سننے کے منتظر تھے۔ بالآخران کا انتظار ختم ہوا۔ کال بیل کی ہلکی آواز کے ساتھ ہی دروازہ کھلا اور وہ دونوں اندر داخل ہوئے۔ حنا خالہ امی کہتے ہوئے سلام کے بعد ان کے سینے سے جا لگی۔ انہوں نے اس کی کشادہ جبیں پر اپنی مہر محبت ثبت کی اور خود سے جدا کرتے ہوئے صالحہ بیگم اور احمد صاحب کی خیرت دریافت کی تو حنا نے انہیں بتایا کہ گھر پر سب ہی اللہ کے فضل و کرم سے بخیر و عافیت ہیں۔

''چلو بیٹے۔ تم لوگ منہ ہاتھ دھو کر تازہ دم ہو جاؤ تب تک میں کھانا لگاتی ہوں۔ چار گھنٹوں کے سفر کے بعد تھکاوٹ ہو ہی جاتی ہے۔ پھر جب تک وہ دونوں فریش ہو جاتے، ریحانہ بیگم نے ڈائننگ ٹیبل پر کھانا لگا دیا۔ پھر وہ تینوں کھانے کے دوران باتیں کرتے رہے۔ کھانے کے بعد چائے کا دور چلا جو کہ حنا نے تیار کی تھی پھر رات دو بجے وہ اپنے اپنے بستروں پر دراز ہو گئے۔

ہفتے کے دن تو انہوں نے آرام کے دن میں تبدیل کر دیا تھا صبح کا ناشتہ ہی دوپہر ایک بجے ہوا۔ ناشتے کے بعد عاصم اپنے دوستوں سے ملنے چلا گیا اور ریحانہ بیگم اور حنا مختلف باتوں میں مشغول ہو گئیں۔ رات نو بجے کھانے کے ٹیبل پر پھر وہ لوگ یکجا ہوئے۔ کھانے کے دوران عاصم نے ماں سے کہا ''امی جان کل صبح نو بجے ہم لوگ علی ساگر چمن کیلئے نکل جائیں گے۔ دوپہر کے کھانے کا انتظام کر لیں۔ چکن کے ساتھ کچھ مٹن بھی لے آیا ہوں۔ ساتھ میں دلی والا سویٹ ہاوز کی مٹھائی اور نمکین بھی لے آیا ہوں۔ حنا کیلئے کچھ نہ کچھ تفریح کا پروگرام ہونا چاہئے تو میں نے سوچا کہ علی ساگر لیک اور چمن سے اچھا پروگرام اور کیا ہو سکتا ہے۔''

''بہت اچھا کیا بیٹے۔ میں بھی گھر میں قید رہتے ہوئے کافی یکسانیت محسوس کر رہی تھی۔ چلو

اچھا ہے کچھ دیر کیلیئے ہی سہی کچھ تبدیلی ہو جائے گی اور پھر کھلی فضا میں سانس لینے کا موقع بھی ملے گا۔!'' ریحانہ بیگم نے خوشی کا اظہار کیا۔!

عاصم کے چھوٹے بھائی دانش نے صبح صبح ہر ایک کے کمرے پر دستک دے ڈالی۔ وہ بھی بہت خوش تھا کہ بہت دنوں بعد کوئی تفریحی پروگرام بنایا گیا تھا۔ سب ہی اٹھ کر اپنے اپنے کمروں سے باہر نکل آئے۔ ریحانہ بیگم پہلے ہی نماز فجر ادا کر چکی تھیں کچن میں ناشتہ تیار کرنے لگی تھیں۔ عاصم نے ٹیکسی کار کا انتظام کیا تھا اور اسے ٹھیک ساڑھے آٹھ بجے رپورٹ کرنے کی ہدایت دی تھیں۔ ناشتہ سے فارغ ہو کر سب لوگ تیار ہو گئے تھے۔ حنا نے قربوزے رنگ کا کامدانی والا فراک سوٹ زیب تن کیا تھا اور بہت کیوٹ لگ رہی تھی۔ دانش نے اسے چھیڑا ''باجی بس سمجھئے آج بہت سے نوجوان بے ہوش ہونے والے ہیں' آپ جو بجلی گرا رہی ہیں۔!''

''دانش اگر تمہارا یہ خیال ہے تو پھر میں اپنا پروگرام منسوخ کیئے دیتی ہوں۔!'' اس نے بھی شرارتاً کہا اور اپنے کمرے کی جانب بڑھنے لگی!

''ارے رے باجی۔ آپ تو برا مان گئیں میں تو بس یوہی مذاق کر رہا تھا۔ دانش نے آگے بڑھ کر اسے روک لیا۔ پھر یہ قافلہ کار میں سوار علی ساگر چمن کی طرف بڑھنے لگا۔ بس آدھے گھنٹے بعد یہ لوگ علی ساگر چمن کی گیٹ پر تھے۔ عاصم اور دانش نے کار کی ڈکی سے ضروری چیزیں اکٹھا کیں۔ توشہ دان اور ملٹن کا تلابہ، پلیٹیں، پانی کے گلاس وغیرہ لے لیے اور چمن میں داخل ہو گئے۔ کچھ اور بھی فیملیز آئی ہوئی تھیں۔ ایک جانب چند لڑکے اور لڑکیاں شٹل بیڈمنٹن کھیل رہے تھے۔ چمن کے ایک ایسے حصہ میں جہاں سایہ دار درخت تھے ریحانہ بیگم نے شیٹس بچھا دیں اور وہ سب کچھ دیر کیلئے ستانے لگے۔!

کچھ دیر بعد عاصم حنا کو لئے ہوئے علی ساگر چمن کی سیر کروانے لگا۔ دانش اپنی ریاکٹ لئے ان لڑکوں میں شامل ہو گیا جو شٹل بیڈ منٹن کھیل رہے تھے۔!

علی ساگر چمن اور جھیل کو محترم علی نواز جنگ کے نام سے اس لئے موسوم کیا گیا ہے کہ انہوں نے نظام ساگر پراجکٹ پر کام کیا تھا وہ انجینئر تھے۔ کہا جاتا ہے کہ کئی مہینے گھوڑے پر سوار ہو کر نظام ساگر پراجکٹ کیلئے سروے کیا گیا اور مناسب جگہ کا انتخاب کیا گیا۔ پھر نظام آباد کو پینے کے پانی کی فراہمی کیلئے اس جھیل کا انتخاب کیا گیا۔ نظام ساگر سے پانی یہاں لایا جاتا ہے اس جھیل کو اسی لئے علی نواز جنگ کے نام کی مناسبت سے علی ساگر جھیل کا نام دیا گیا ساتھ ہی تفریح کے لئے آنے والوں کیلئے اس چمن کو بنا کر ترقی دی گئی۔ ساتھ ہی ایک گیسٹ ہاوز بھی تعمیر کیا گیا جو اوپر بلندی پر ہے۔ یہاں اکثر محکمہ آبپاشی کے عہدیدار رہا کرتے ہیں۔ چمن بھی بہت خوبصورت تھا۔ ہمہ رنگی پھولوں کی کیاریاں تھیں۔ ایک جھرنا بھی تھا جس میں کنول کے پھول کھلا کرتے۔ سبزہ زار بھی تھا۔ بیٹھنے کیلئے آہنی بنچس بھی جگہ جگہ پر دستیاب تھے۔ کھیلنے کیلئے چھوٹے میدان بھی تھے اور چند سیڑھیاں طئے کرنے کے بعد وسیع و عریض جھیل تھی جس کا پانی دور حد نگاہ تک پھیلا ہوا تھا۔ شام جب ڈھلنے لگی اور آسمان پر جا بجا شفق پھیلنے لگتی اور سورج بے چارہ تھکا ہارا مغرب کی سمت جب ڈوبنے لگتا تو سرخ انگارہ جیسا گولا یوں لگتا جیسے اس جھیل میں کہیں کھو گیا ہے۔ یہ منظر واقعی اتنا خوبصورت ہوتا کہ قدرت کی صناعی پر خود بخود ایمان لانے کو جی چاہنے لگتا۔

وقت پر لگا کچھ یوں گزرا کہ شام کی سرخیاں نیلے آسمان پر پھیلنے لگیں۔ عاصم امی اور حنا کو لئے شام کے غروب آفتاب کے منظر سے لطف اندوز ہونے کیلئے جھیل کی جانب جانے والی سیڑھیوں کو طئے کرنے لگا۔ ان تینوں نے بھی اس خوبصورت منظر کو دیکھا۔ حنا

بھی بغور اس منظر کو دیکھ رہی تھی جو انتہائی دلفریب تھا اور آج کی تفریح کا حاصل بھی۔ ’’خالہ امی دیکھئے کتنا خوبصورت اور دلفریب منظر ہے۔!اس نے ریحانہ بیگم کو مخاطب کیا۔

’ہاں بیٹی۔ یہ بھی اللہ رب العزت کا ایک معجزہ ہی سمجھو۔!ابھی کچھ دیر قبل آسمان بالکل نیلا تھا اور اب دیکھو شفق کی لالی جا بجا پھیلی ہوئی ہے۔!کیا کوئی مصور اس منظر کو ہو بہو اپنے کینوس پر بکھیر سکتا ہے۔ میں کہوں گی نہیں، بالکل بھی نہیں۔ وہ چاہے جتنی بھی کوشش کر لے۔ کچھ نہ کچھ خامی ضرور رہ جائے گی۔!‘‘ ریحانہ بیگم نے اپنے جذبات کا اظہار کیا۔

’’ہاں خالہ امی۔ آپ بالکل ٹھیک کہہ رہی ہیں۔ یہ تو اللہ رب العزت ہی کا کمال ہے۔ وہ خالق دونوں جہان ہے بھلا اس کے آگے ہم انسان کس کھیت کی مولی ہیں۔

بہت دیر تک وہ تینوں غروب آفتاب کے اس منظر کو دیکھتے رہے اور لطف اندوز ہوتے رہے۔ جب کافی وقت بیت گیا تو ریحانہ بیگم نے کہا’’عاصم چلو اب لوٹ چلتے ہیں۔ رات آہستہ آہستہ اپنا آنچل پھیلا رہی ہے اور پھر کل صبح چھ بجے کی بس سے تمہیں حیدرآباد واپس ہونا ہے۔!‘‘

’’ہاں خالہ امی۔ آپ ٹھیک کہہ رہی ہیں۔ اب ہمیں لوٹ جانا چاہئے۔ چلئے عاصم بھائی۔ واپس چلتے ہیں۔ حنا نے کہا تو وہ تینوں نیچے سیڑھیاں طئے کرنے لگے۔ دانش ان لوگوں کے انتظار میں بور ہو رہا تھا اسے سامان کی نگرانی کیلئے بٹھایا گیا تھا اور پھر وہ لوگ رات کوئی آٹھ بجے اپنے گھر پہنچے تھے۔ صبح واپسی کی بھی تیاری کرنا تھا۔

دوسری صبح پہلی بس سے عاصم اور حنا حیدرآباد لوٹ گئے۔ پھر عاصم حنا کو حیدرآباد پہنچنے پر گھر پر چھوڑ کر اپنی ڈیوٹی پر چلا گیا۔

وقت مدھم سروں میں بہتا رہا۔ اس درمیان اچانک ہی عاصم کی زندگی میں ایک

دھما کہ ہوا۔احمد صاحب کے ایک دوست کی وساطت سے حنا کیلئے ایک رشتہ آیا اور احمد صاحب نے اسے ہاں کہہ دیا۔لڑکا امریکہ سے ایم ایس کی ڈگری لے کر آیا تھا اور دیکھنے میں بھی بہت خوبرو تھا۔بالکل حنا کے خوابوں کے شہزادے جیسا۔حنا نے جب تصویر دیکھی تو بس دیکھتی ہی رہ گئی۔اونچا قد، چوڑا چکلا سینہ اور خوبصورت نقوش۔رنگ میں کھلتا ہوا تھا۔ دیکھتے ہی دیکھتے رشتہ طئے پا گیا اور شادی بس ایک ہفتہ بعد ہونے والی تھی۔

عاصم یہ خبر لے کر جب وطن پہنچا تو ریحانہ بیگم بھی بہت رنجیدہ ہوگئیں۔وہ بھی دل ہی دل میں حنا کو عاصم کیلئے صالحہ بیگم سے پوچھنے کیلئے طئے کر رکھی تھیں لیکن وقت نے مہلت ہی نہ دی تھی اور بس سوچ کر رہ گئیں۔عاصم کے چہرے سے بھی مایوسی ٹپک رہی تھی۔ اس کی دلی کیفیت کچھ اور ہی تھی۔ذہنی طور پر وہ بکھر کر رہ گیا تھا اس کے دوستوں نے اسے سنبھالا اور کہا ''اللہ رب العزت کی شائد یہی مرضی ہوگی کیونکہ کہا جاتا ہے کہ رشتے آسمانوں پر طئے ہوتے ہیں۔!''

دیکھتے ہی دیکھتے ایک ہفتہ گزر گیا۔شادی بس دو دن بعد ہونے والی تھی۔مانجھے کی رسم ہو چکی تھی اور دوسرے دن شام میں سانچق کی تقریب کی تیاریاں چل رہی تھیں۔ ریحانہ بیگم، خالد صاحب اور دانش بھی پہنچ گئے تھے۔

احمد منزل روشنیوں میں نہائی ہوئی تھی۔گھر میں مہمانوں کی چہل پہل تھی۔ایک جانب حنا کی سہیلیاں ڈھولک پر بابل کے گیت گا رہی تھیں تو دوسری جانب خواتین صالحہ بیگم کو مبارکبادی کے پیغام دے رہی تھیں۔سانچق اور مہندی کی رسم شام میں ہونے کو تھی۔ دلہا والے رات دس بجے مہندی کیلئے آنے والے تھے۔شہر کے مشہور شادی خانہ کرسٹل گارڈن میں نکاح کی تقریب رکھی گئی تھی۔!

شام پانچ بجے احمد صاحب اپنے ہم زلف خالد صاحب اور عاصم کے ساتھ اچانک ہی گھر پہنچ گئے ۔اورانہوں نے صالحہ بیگم کو دیوان خانے میں بلوا بھیجا اور وہ جب آ گئیں تو انہوں نے کہا ''بیگم تمام تقاریب فی الوقت روک دیجئے گا۔ یہ سن کر صالحہ بیگم پریشان ہوگئیں۔ کیوں آخر ہوا کیا۔؟ وہ روہانسی ہوتے ہوئے سوال کرڈالیں۔

''ہم سے بہت بڑا دھوکہ کیا گیا ہے۔میرے دوست کے لڑکے نے امریکہ سے اطلاع دی ہے کہ لڑکا بہت بڑا فراڈ ہے۔ وہ پہلے سے شادی شدہ ہے اور ساتھ ہی شراب وڈرگس کا عادی بھی ۔اس لئے میں یہ رشتہ ختم کر کے آ رہا ہوں ۔شادی کے منسوخ کئے جانے کی اطلاع کل کے اخبار میں شائع ہوگی ۔یہاں حیدرآباد میں جتنے دعوت نامے تقسیم ہوئے ہیں ان سب تک یہ اطلاع پہنچادو۔ براہ کرم مزید کوئی سوال مجھ سے نہ کرو۔!'' اتنا کہہ کرانہوں نے اپنی آنکھیں موندلیں اورصوفہ پر پیر پھیلا کر لیٹ گئے۔!

''صالحہ بیگم پر جیسے سکتہ سا طاری ہوگیا تھا۔ ریحانہ بیگم اپنی بہن کوسنبھالتی ہوئی گھر کے اندرونی حصہ میں لے آئیں جس گھر میں چندلمحوں قبل خوشیوں کے شادیانے بج رہے تھے اچانک ہی سناٹا راج کرنے لگا۔ ہر چہرے پرفکر کی پرچھائیاں چھاگئیں اورایک سوال ہر ایک کے لب پر یہی تھا کہ آخرایسا کیوں ہوگیا۔!''

حنا کو جب اس بات کی خبر ہوئی تو اس کی آنکھیں جل تھل ہوگئیں ۔اس کی سہیلیوں نے اسے سنبھالا اورخود پرقابورکھنے کی تلقین کرنے لگیں۔

اس بات کی خبر جیسے ہی احمد صاحب کے قریبی دوستوں ورشتہ داروں تک پہنچی تو ایک ایک آہستہ آہستہ ان کے گھر پہنچنے لگے۔رات بارہ بجے تک اس مسئلہ پرغور کیا گیا کہ آئندہ کا لائحہ عمل کیا ہونا چاہئے ۔ ہر ایک اپنی اپنی سمجھ بوجھ کے حساب سے انہیں مشورہ

دینے لگا۔ عاصم کے والد محترم خالد صاحب نے ریحانہ بیگم سے کچھ مشورہ کیا پھر مردانے میں چلے آئے۔ انہوں نے احمد صاحب سے مخاطب ہوکر کہا ''احمد بھائی میری بات اگر آپ مان لیں تو شادی ہوگی اور حسب پروگرام ہوگی۔ میں حنا کا ہاتھ اپنے لڑکے عاصم کیلئے مانگتا ہوں اور شادی کل شام حسب پروگرام اسی مقام پر ہوگی جہاں طئے کیا گیا تھا۔!''

یہ تو بہت بہترین بات کہی آپ نے خالد صاحب۔ ''احمد بھائی آپ کی پریشانی اتنی آسانی سے دور ہوسکتی ہے یہ ہمارے گمان میں بھی نہ تھا ۔!'' احمد بھائی کے یک دوست نے کہا۔

''بس احمد بھائی آپ ہاں کہہ ڈالیئے بہت اچھی بات کہی ہے خالد صاحب نے۔ احمد بھائی کے چچازاد بھائی نے کہا۔ اس طرح مردانے میں جتنے بہی خواہ احمد بھائی کے موجود تھے سب ہی نے عاصم کے حق میں ووٹ دیا۔

پھر صالحہ بیگم سے مشورہ لے کر احمد صاحب نے رضامندی دیدی اور شادی کے منسوخ ہونے کا جو اشتہار اخبار والوں کو دیا تھا اسے منسوخ کر ڈالا۔ اب پھر گہما گہمی شروع ہوگئی تھی۔

دوسرے دن شام کرسٹل گارڈن فنکشن ہال میں نکاح کی مبارک محفل سجائی گئی۔ غیر متوقع طور پر عاصم نوشہ بنا محفل میں چلا آیا۔ نکاح شہر کے قاضی صاحب نے پڑھایا اور مبارکبادی کا تبادلہ شروع ہوا۔ ریحانہ بیگم کی دلی مراد بر آئی تھی وہ خوشیوں کے ہنڈولے میں جھل رہی تھیں اور مالک حقیقی کے آگے سربسجود ہوکر اس غیر متوقع کرم کا شکریہ ادا کر رہی تھیں چونکہ یہ نکاح ہی غیر متوقع طور پر ہوگیا تھا اس لئے دلہن کیلئے حجلہ عروسی احمد منزل ہی میں سجایا گیا تھا۔ اس طرح حنا عاصم کی دلہن بنی اسکی زندگی میں شامل ہوگئی تھی۔

حجلۂ عروسی میں جب عاصم نے اس کا بھاری بھرکم گھونگھٹ الٹا تو وہ بس اسے دیکھتا ہی رہ گیا۔ دلہن کے سنگھار میں حنا بے حد حسین لگ رہی تھی۔ عاصم کے اصرار پر جب

اس نے آنکھیں کھول کر اپنے مجازی خدا کو دیکھا تو اس کے چہرے پر بلا کا نور چھلک آیا تھا۔ اس نے بہت آہستہ سے کہا ''عاصم مجھے معاف کردو۔ میں نے آپ کے بے لوث جذبوں کو اکثر ٹھیس پہنچائی ہے۔ میں آج جان گئی ہوں کہ ظاہری اور باطنی حسن میں بے انتہا فرق ہوتا ہے۔!''

عاصم نے اس کے گلابی ہونٹوں پر اپنی انگلیاں رکھدیں اور کہا ''بس، بس حنا اس کے آگے کچھ نہیں کہنا۔ میں نے تم سے کہا تھا کہ محبت ایک سچائی ہے اور اگر جذبے بے لوث اور پرخلوص ہوں تو اللہ رب العزت ضرور انعام سے نوازتا ہے اور آج اس نے انعام میں مجھے تمہیں عطا کردیا۔ اس سے قیمتی گولڈ میڈل میرے لئے اور کیا ہوسکتا ہے۔!'' یہ سن کر حنا اس کے کشادہ سینے پر جھک آئی اور عاصم نے اسے اپنی بانہوں میں بھرلیا۔!

xxx

پچھتاوا

اس کی ایک چھوٹی سی غلطی نے اسے ساری عمر پچھتاوے کی آگ میں جھونک دیا۔
ان دونوں کے مزاج میں بہت بڑا فرق تھا۔اس کے باوجود وہ دونوں بہت مخلص دوست تھیں اور ایک دوسرے کے بغیر خود کو بے حد تنہا محسوس کرتیں۔ندا کو شوخ رنگ پسند تھے تو سمیرا کو ہلکے رنگ۔ندا کے مزاج میں کھلنڈرا پن تھا تو سمیرا بہت ہی سنجیدہ تھی۔اکثر وہ اس کے چلبلے پن پر ڈانٹ بھی دیتی لیکن ندا کبھی اس کا برا نہیں مانتی اور اسے چھیڑا کرتی۔وہ دونوں ایک ہی کلاس کی تھیں اور سائنس میں گریجویشن کے آخری سال کی طالبات تھیں۔ ندا کی امی صالحہ بیگم اور سمیرا کی والدہ آمنہ خاتون خالہ زاد بہنیں تھیں تو اس رشتے سے وہ دونوں کزنس تھیں اور بچپن بھی ان دونوں کا ساتھ ساتھ ہی گزرا تھا اس لئے بھی ان دونوں میں آپس میں بہت محبت تھی۔دونوں کے گھر الگ الگ کالونی میں تھے لیکن وہ دونوں ایک ہی کالج میں پڑھتی تھیں اور ہر روز بلا ناغہ ملاقات رہتی اور ہر وقت ساتھ رہتیں۔ان کی اس دوستی کو دیکھ کر ان کی کلاس فیلوز ان پر فقرے کسا کرتیں اور ایک طرح سے جذبہ حسد ان میں پیدا ہوتا۔

ندا کے ڈیڈی خورشید عالم کا ایکسپورٹ،امپورٹ کا بزنس تھا اور پیسے کی کافی ریل پیل تھی۔وہ اکثر بیرونی ممالک کے دورہ پر رہتے۔اس لئے گھریلو ماحول میں بھی مغربی ممالک کی چھاپ تھی۔انہوں نے گھر بھی اعلی پیمانے پر سیٹ کیا تھا اور ہر نئی چیز گھر میں

موجود تھی۔ ڈرائنگ روم کشادہ تھا اور قیمتی فرنیچر سے آراستہ بھی۔ دیواروں پر ماڈرن انداز کی پینٹنگس آویزاں تھیں کشادہ ہال میں دیوار گیر سائز کا ٹیلی ویژن اور ساتھ ہی سی ڈی پلیر اور اس کے لوازمات بھی تھے۔ والدین کے کمرے کے علاوہ بچوں کے علحدہ بیڈ رومس تھے۔ ندا کے علاوہ دو بھائی تھے جو ابھی ہائیر سکنڈری کے طالب علم تھے۔ بچوں کے جیب خرچ پر بھی کوئی روک ٹوک نہ تھی اس لئے ندا بھی بہت شاہ خرچ تھی۔ اس کے پرس میں ہر وقت خطیر رقم رہا کرتی اور من مانی خرچ کیا کرتی۔

سمیرا کے ابو بھی اعلی عہدہ پر فائز تھے لیکن وہ ایک ایماندار اور خوف خدا رکھنے والے انسان تھے۔ بیوی بچوں کی ہر خواہش کا احترام کرتے لیکن اپنی چادر کے اندر۔ سمیرا بڑی تھی اور اس سے چھوٹا ایک بھائی عفان تھا جو انٹرمیڈیٹ کا طالب علم تھا۔ اس سے چھوٹی ایک بہن شائستہ تھی جو دسویں جماعت کی طالبہ تھی۔ آمنہ خاتون گھریلو خاتون تھیں۔ گھر میں دینی ماحول تھا اور اپنی اولاد کو بھی انہوں نے کچھ ایسی تربیت دی تھی کہ تینوں ہی نماز کے پابند تھے۔ لڑکیاں پردے کا اہتمام کرتی تھیں ان کا مکان گو کہ مختصر تھا لیکن انہوں نے اسے خوبصورتی سے سجا رکھا تھا جو ان کے سلیقہ مندی کا آئینہ دار تھا۔ سمیرا بھی گھر کے کام میں ان کی مدد کرتی اور گھر کو صاف ستھرا رکھنے میں اپنا حصہ ادا کرتی۔ آمنہ خاتون نے اسے امور خانہ داری میں بھی طاق کر دیا تھا اور پکوان میں بھی ماہر کیونکہ آگے چل کر یہی اس کی اپنی زندگی میں کام آنے والا تھا۔

وقت آہستہ آہستہ آگے بڑھتا رہا۔ رتیں بدلیں۔ موسم بدلے۔ کبھی بہاریں رہیں اور کبھی خزاؤں نے ڈیرہ ڈالا۔ ماہ و سال آگے بڑھتے رہے۔ اس طرح تین سال یوں گزرے جیسے ایک پل۔ ندا اور سمیرا کا گریجویشن تکمیل ہوا اور دونوں ہی نے اچھی

پوزیشن لی تھی ۔بہترین نشانات سے انہوں نے آخری سال کا امتحان کامیاب کیا تھا۔سمیرا کے ابو وقار نے اسے آگے تعلیم سے روکا تھا تو ادھر ندا کے ڈیڈی نے بھی کہا کہ بس اب تمہیں اپنے گھر کی ہونا ہے ۔گھریلو امور میں اپنی امی سے تربیت حاصل کرو کیونکہ لڑکیاں چاہے جتنی ہی تعلیم حاصل کرلیں شادی کے بعد انہیں گھر گرہستی بھی سنبھالنا ہوتا ہے۔

وہ وقت بھی آ گیا جب شادی کیلئے رشتوں کی تلاش شروع ہوگئی ۔ندا کیلئے کئی لڑکوں کے رشتے تھے ۔ایک رشتہ جو صالحہ بیگم اور خورشید عالم کو پسند آیا تھا تو صالحہ بیگم نے ندا کی رضا مندی چاہی ۔لڑکا انجینئر تھا اور سعودی عرب کے علاقے جدہ میں معروف کمپنی میں ملازم تھا اور معقول تنخواہ پر کام کر رہا تھا۔دیکھنے میں بھی جاذب نظر تھا۔لیکن چہرے پر داڑھی تھی ۔ندا نے جب اس کی تصویر دیکھی تو اسے اپنی ماں اور ڈیڈی پر بڑا غصہ آیا۔اسے داڑھی والے لڑکے قطعی پسند نہیں تھے ۔اس نے اپنی ماں سے صاف لفظوں میں کہہ دیا کہ اسے کلین شیو لڑکے پسند ہیں اور وہ کسی مغربی ممالک ،امریکہ آسٹریلیا یا پھر برطانیہ میں ملازم لڑکے سے شادی کرنا چاہے گی ۔اس نے اپنی دوست سمیرا کو فون کیا۔'' ہیلو سمیرا' ارے بھئی کہاں ہو کتنے دن ہو گئے تم سے نہ ہی ملاقات ہی ہوئی اور نہ ہی فون پر بات ۔

''ہاں بس ایسے ہی میں کچھ مصروف رہی کیونکہ ان دنوں شائستہ کے امتحان چل رہے ہیں ۔ بس اسی کو امتحان کی تیاری کروا رہی ہوں ۔تم سناؤ تمہاری کیا مصروفیات ہیں ۔!''

''کیا خاک مصروفیات ہیں ۔بس گھر میں پڑی پڑی بور ہو رہی ہوں ۔تمہیں پتہ ہے اِن دنوں امّی اور ڈیڈی میری شادی کی فکر میں ہیں ۔ایک رشتہ پسند بھی کرلیا تھا۔لیکن میں نے صاف انکار کر دیا۔!''

''کیوں ۔؟ کیا برائی تھی لڑکے میں ۔۔!''سمیرا نے ہنستے ہوئے پوچھا

''برائی کچھ نہیں۔موصوف انجینئرنگ کی ڈگری کے حامل ہیں۔جدہ سعودی عرب میں ملازم ہیں۔تنخواہ بھی معقول ہے لیکن چہرے پر داڑھی رکھ لی ہے۔جو مجھے قطعی پسند نہیں ہے۔ میں نے صاف انکار کر دیا اور امی سے کہہ دیا کہ مجھے صرف کلین شیولڑ کے پسند ہیں اور وہ بھی مغربی ممالک کے ملازم۔؟''

یہ تم نے ٹھیک نہیں کیا ندا۔داڑھی سے کیا فرق پڑتا ہے۔لڑکا شریف النفس اور اچھے خاندان سے تعلق ہو۔صحت مند ہو۔بس یہی چیزیں دیکھی جاتی ہیں رشتوں کے طئے ہونے میں۔!'' اُدھر سے سمیرا نے اسے سمجھایا۔

''چل چھوڑ یار۔آگے دیکھیں گے۔!'' کہتے ہوئے اس نے فون بند کر دیا۔

چند دن یوں ہی بیت گئے۔پھر ہوا یوں کے صالحہ بیگم جب اخبار کا مطالعہ کر رہی تھیں تو ان کی نظر ایک شادی کیلیئے ضرورت رشتہ اشتہار پر پڑی۔لڑکا امریکہ میں سافٹ ویر انجینئر تھا اور وطن آیا ہوا تھا۔شادی میں عجلت تھی کیونکہ وہ صرف دو مہینے کی چھٹی پر آیا تھا۔اشتہار میں فون نمبر کے ساتھ ای میل پتہ بھی دیا گیا تھا۔صالحہ بیگم نے پہلے فون پر ربط پیدا کیا اور لڑکے کی والدہ سے تفصیل حاصل کی۔لڑکا گذشتہ پانچ سال سے امریکہ میں مقیم تھا۔ سافٹ ویر میں ماسٹرس کی ڈگری حاصل کرنے کے بعد وہیں کسی معقول کمپنی میں ملازمت مل گئی تھی۔فیملی بھی مختصر تھی۔لڑکے کے علاوہ ایک اور بھائی تھا اور اس سے چھوٹی ایک بہن۔والد یونیورسٹی میں ہیڈ آف دی ڈپارٹمنٹ تھے۔

رات کھانے کے بعد، چائے نوشی کے درمیان انہوں نے خورشید عالم سے اس رشتے کے متعلق بات کی اور تفصیلات سے آگاہ کیا۔خورشید عالم نے ساری تفصیل سننے کے بعد صالحہ بیگم سے بات آگے بڑھانے کو کہا۔پھر ای میل پر فوٹوز اور بائیوڈاٹا کا تبادلہ ہوا۔

فوٹو جب ندا نے دیکھا تو واقعی وہ اس کے تصور سے بھی آگے نکلا اس کے خوابوں کا شہزادہ جیسا ہی تھا اور جب اس کی امی نے اس کی مرضی پوچھی تو اس نے بلا جھجک ہاں کردی۔
پھر دیکھتے ہی دیکھتے شادی کی تاریخ طئے پا گئی اور دونوں گھرانوں میں تیاریاں شروع ہوگئیں۔شادی کیلئے صرف دس دن باقی تھے۔خورشید عالم نے شہر حیدر آباد دکن کا سب سے بڑا فنکشن ہال بک کروالیا اور شادی بڑی دھوم دھام سے انجام پا گئی۔عامر واقعی بہت ہینڈسم تھے۔سمیرا نے دل کی گہرائیوں سے ندا کو شادی کی مبارکباد دی اور شادی کی تمام رسموں میں شرکت کی۔ندا بہت خوش تھی کہ اس نے اپنی شادی کیلئے جو خواب دیکھتے تھے اس کی تعبیر واقعی خوبصورت تھی۔عامر دو مہینے بعد امریکہ واپس لوٹ گئے اور ندا سے یہ کہہ گئے کہ بہت جلد وہ اس کا ویزا حاصل کر کے اسے امریکہ بلوالیں گے۔ندا خوش تھی کہ اس کے سسرال میں سب ہی اسے چاہنے والے تھے۔

چھ مہینے کا وقفہ اس کیلئے چھ صدیوں کے مانند تھا۔یوں تو عامر سے کبھی فون پر اور کبھی انٹرنیٹ پر بات ہوتی رہتی لیکن ویزا کے بارے میں اس کے جوابات ندا کیلئے پریشانی کا باعث بنتے۔ویزا نکلنے میں دیری کے لئے وہ مختلف وجوہات بیان کرتا اور ندا وسوسوں کے سمندر میں غوطہ زن ہوجاتی۔ذہن میں مختلف سوالات ابھرتے جن سے وہ ذہنی طور پر ڈسٹرب رہتی۔اپنی پریشانی وہ کسی پر ظاہر نہ کرتی جب بہت زیادہ ڈسٹرب رہتی تو سمیرا سے فون پر بات کرتی۔کبھی کبھار سمیرا خود اس سے ملنے آتی اور اس کی ڈھارس بندھاتی کہ ''اللہ رب العزت سب کچھ ٹھیک کردے گا تم زیادہ فکر مت کرو''۔

شادی ہوئے تقریباً ایک سال ختم ہونے آرہا تھا۔ندا کے بے حد اصرار پر عامر نے ویزا کا انتظام کردیا اور وہ امریکہ کیلئے پرواز کرگئی۔عامر کی ملازمت امریکہ کے شہر

واشنگٹن میں تھی ایر پورٹ پر عامر اسے لینے آئے تھے جہاں سے وہ سیدھے گھر پہنچے۔ یہاں زندگی مشینی طرز کی تھی۔ صبح سے شام تک ہر کوئی مشینی انداز میں 'بھاگم بھاگ' کے مصداق مصروف رہتا۔ عامر بھی صبح آٹھ بجے گھر سے نکلتے اور رات کبھی گیارہ بجے اور کبھی بارہ بے لوٹتے۔ ندا گھر میں پڑی بور ہوا کرتی۔ کبھی میگزین کا مطالعہ کرتی تو کبھی ٹیلی ویژن پر پروگرامس دیکھا کرتی لیکن وقت کاٹے نہیں کٹتا۔ عامر سے جب گھر دیر سے لوٹنے کی وجہ دریافت کرتی تو وہ کام کا بہانہ کر کے اسے ٹال دیتا۔ عامر کے پاس پہنچ کر بھی وہ مطمئن نہیں تھی۔ عامر کے رویے سے اسے یوں محسوس ہوتا جیسے وہ اسے بس برداشت کر رہا ہے۔ وہ بہت سے سنہرے خواب اپنی آنکھوں میں سجائے امریکہ پہنچی تھی لیکن وہ سارے خواب ٹوٹ کر بکھر رہے تھے۔ عامر کی محبت بس یوں محسوس ہوتی جیسے وہ بس اپنا فرض نبھارہا ہو۔

اسی طرح دو سال کا عرصہ گزر گیا۔ اس عرصہ میں اس کے ذہن میں شک کے جو ناگ اسے ڈس رہے تھے وہ آہستہ آہستہ حقیقت میں تبدیل ہونے لگے۔ ندا کو شک ہونے لگا کہ عامر کہیں پہلے سے شادی شدہ تو نہ تھے کیونکہ ہر مہینہ دو مہینے میں وہ کمپنی کے کام سے باہر جانے کا بہانہ کر کے دو، دو تین تین دن گھر سے باہر رہنے لگے۔ جب ندا کیلئے یہ بات نا قابل برداشت ہوگئی تو ایک دن اس نے عامر سے دوٹوک بات کرنا چاہی اور اس سے سوال کر ڈالا۔

''عامر جب آپ کے پاس میرے لئے وقت نہیں تو آپنے مجھ سے شادی کیوں کی۔؟

''اس لئے کہ میری امی بضد تھیں کہ میں وہاں شادی کر کے لوٹوں''۔ عامر نے کہا۔ اس نے مزید معلومات فراہم کرتے ہوئے ندا کو حیرت زدہ کر دیا ''دراصل میں جب یہاں پہنچا تو حالات کچھ ایسے پیدا ہوئے کہ جس مقصد کیلئے میں یہاں آیا تھا اسے حاصل کرنے کیلئے میرے لئے صرف ایک ہی راستہ تھا کہ یہاں کی لڑکی سے شادی کرلوں۔ تو میں نے ماریا

سے شادی کرلی۔ یہ بات میں امی اور پاپا سے کہہ نہیں پایا۔انہوں نے بہت اصرار کر کے مجھے وطن آنے کیلیئے کہا تو پانچ سال بعد میں حیدرآباد واپس لوٹا اوران کی ضد کے آگے مجبور ہوکر میں نے شادی کیلیئے ہاں کہہ دی۔ ماریا سے شادی کئے ہوئے تین سال ہورہے ہیں اور ہمیں ایک لڑکا بھی ہے جس کی عمر ڈیڑھ سال ہے۔ وہ بہت اچھی لڑکی ہے اور مجھے خود سے دور رہنے نہیں دیتی۔

یہ سن کر ندا پر غموں کے پہاڑ ٹوٹ پڑے اور آنکھوں سے آب رواں جاری ہوگیا۔غم کی شدتوں سے بکھرتے ہوئے اس نے کہا ''عامر یہ آپ نے ٹھیک نہیں کیا۔ اتنا بڑا دھوکہ دیا آپ نے۔ مجھےاوراپنے امی اور پاپا کو بھی۔!''

''مجھے افسوس ہے کہ نہ چاہتے ہوئے بھی یہ سب کچھ ہوگیا ۔!''اب ماریا کو نہیں چھوڑ سکتا۔ اگرتم چاہتی ہوتو میں شادی کے اس بندھن سے تمہیں آزاد کردونگااور تمہاری واپسی کا انتظام بھی ۔!'' یہ کہہ کروہ اسے تنہا چھوڑ کر باہر چلا گیا۔اور وہ اپنی آنکھوں میں دھند سمیٹے ہوئے اسے جاتا ہوا دیکھتی رہی۔غم کی شدت سے وہ خود کو مفلوج محسوس کرنے لگی اور اپنے وجود کو صوفے پر گرادیا۔

وہ سوچ سوچ کر پریشان ہوتی کہ اللہ تعالی ے اس کے ساتھ ایسا کیوں کیا۔آخر اس سے کیا کوتاہی ہوگئی آخر وہ کرے تو کیا کرے۔ یہاں رہے تو کس بنا پر رہے۔ نہ ہی عامر اس کے تھے اور نہ ہی ان کا پیار۔ بہت سوچ سمجھ کر اس نے فیصلہ کرلیا کہ وہ عامر سے علیحدگی اختیار کرلے گی اور انڈیا اپنے وطن واپس والدین کے پاس چلی جائے گی۔ پھراس نے اپنے فیصلے سے عامر کو آگاہ کیا تو انہوں نے کہا ''ٹھیک ہے میں طلاق کے پیپرز تیار کروالیتا ہوں اور ساتھ ہی تمہارا واپسی کا ٹکٹ بھی۔تم واپس جانے کی تیاری کرلو ۔!''

وطن چھوڑنے کے بعد سے وہ اپنی پریشانی میں کچھ اس طرح الجھی رہی کہ سمیرا سے ربط بھی نہ رکھ سکی۔ البتہ اس کی امی نے اسے اطلاع دی تھی کہ اس کے امریکہ جانے کے چھ ماہ بعد ہی سمیرا کی شادی ہوگئی اور وہ اپنے شوہر کے ساتھ سعودی عرب روانہ ہوگئی۔

دو ہفتوں بعد ہی عامر نے طلاق کے پیپرز اور ٹکٹ اس کے ہاتھوں میں تھما دیا اور وہ کسی ہارے ہوئے جواری کی طرح اپنے وطن والدین کے پاس لوٹ آئی۔ یہاں پہنچنے کے بعد جب اس نے اپنی امی سے دریافت کیا کہ سمیرا کی شادی کس سے ہوئی اور اس کا شوہر کیا کرتا ہے۔تب اس کی ماں نے اسے بتایا کہ وہ لڑکا وہی ہے جس کا رشتہ پہلی بار اس کیلئے آیا تھا اور جس کے چہرے پر داڑھی تھی۔ جسے اس نے داڑھی کی بنا پر رد کیا تھا۔انہوں نے اسے بتایا کہ لڑکا آتے ہوئے اپنے ساتھ ویزٹ ویزا بھی ساتھ لایا تھا اور شادی کے دو ماہ بعد ہی سمیرا کو اپنے ساتھ جدہ لے گیا۔''

آمنہ نے بتایا کہ وسیم ایک نیک لڑکا ہے اور وہ سمیرا کو بہت چاہتا ہے۔ بیٹی تم نے وسیم کو نا پسند کر کے بہت بڑی غلطی کی تھی۔ ظاہر اور باطن اور صورت وسیرت میں بہت فرق ہوتا ہے۔ یہ تم نے اب جان لیا ہوگا۔!''

یہ سن کر اسے ایک جھٹکا سا لگا اور سمیرا کے الفاظ اس کے ذہن میں گونجنے لگے۔اس نے کہا تھا کہ داڑھی سے کیا فرق پڑتا ہے۔لڑکا شریف النفس اور اچھے خاندان کا ہونا چاہئے۔ وہ اب واقعی پچھتا رہی تھی۔ مغربی دنیا کی چکا چوند، امریکہ اور برطانیہ کے لڑکے سے شادی کی خواہش میں اس نے اپنی زندگی تباہ کر لی تھی اور اب کفِ افسوس مل رہی تھی۔ نجانے کس احساس کے تحت اس کی آنکھوں میں نمی اتر آئی تھی جسے وہ اپنے آنچل میں جذب کرنے لگی۔

×××

احساس کی کرچیاں

اس کی روح تک کانپ اٹھی تھی جب ڈاکٹر نے اسے بتایا کہ اس کا دوسرا لڑکا بھی ......اس کا سر چکرانے لگا اور وہ مایوسی کے گرداب میں پستا چلا گیا۔اس کی سوچ، سمجھ جیسے سب کچھ مفلوج ہوکر رہ گئے تھے اور وہ ماضی کی دھند میں دور بہت دور تک پہنچ گیا تھا جبکہ وہ عمر کی دسویں منزل میں تھا اور چھٹویں جماعت کا طالب علم ۔!

وہ اپنے والدین کا اکلوتا لڑکا تھا۔دو بہنیں اس سے بڑی تھیں۔ایک گریجویشن کے پہلے سال میں تھی اور دوسری ایس ایس سی کی طالبہ تھی۔اس کے ابو اسے بے پناہ چاہتے تھے اور اس کی ہر جائز نا جائز خواہش کو پورا کرتے تھے اور آج بھی انہوں نے بیوی کے لاکھ انکار اور مخالفت کے باوجود ایرگن دلا لائے تھے۔جس پر وہ بے حد خوش تھا۔اس کی امی نادرہ خاتون نے اسے سمجھانے کی بہت کوشش کی'' بیٹا ابھی تمہاری عمر ہی کیا ہے۔تم اس ایرگن کا بوجھ بھی اٹھانے کے قابل نہیں ہو۔ہاں تم جب کچھ اور بڑے ہو جاؤ گے تو ہم ضرور تمہیں ایر گن دلا دیں گے۔ابھی تم پڑھائی میں دل لگاؤ اور اچھے نمبرات حاصل کرنے کی کوشش کرو۔!''

''لیکن امی میں یہ کب کہہ رہا ہوں کہ مجھے پڑھائی نہیں کرنی ہے۔آپ بے فکر رہیں میں نے سوچ رکھا ہے کہ ایک قابل انجینئر بن کر اپنے ملک کی خدمت کروں گا اور اپنے والدین کا نام روشن کروں گا۔بس مجھے نشانہ لگانے کا شوق ہے۔آپ بس ابو سے کہہ کر مجھے ایرگن

دلوادیں۔راشد نے ماں کی گود میں سر رکھ کر بڑے لاڈ سے کہا۔

پھر جب اس کی ضد انتہا کو پہنچ گئی تو اس کے ابو نے نادرہ خاتون کی مخالفت کے باوجود اسے ایرگن خرید کر دیدی اور تاکید بھی کی کہ صرف چھٹیوں میں وہ اس کا استعمال کرے گا۔ باقی دن وہ پڑھائی میں دلچسپی لے گا۔!''

راشد نے بھی ابو سے بھرپور وعدہ کرلیا کہ وہ صرف ہفتے میں ایک باریعنی اتوار کے دن جب چھٹی ہوتی ہے وہ ایرگن سے کھیلے گا۔اسے استعمال کرے گا۔!

نادرہ خاتون نے دیکھا کہ وہ اپنے وعدے پر پابند تھا اور صرف چھٹی کے دن وہ ناشتہ کرنے کے بعد ایرگن لے کر قریبی جھاڑیوں میں چلا جاتا۔ جہاں جھاڑوں اور درختوں کے جھنڈ میں پرندے بیٹھا کرتے تھے وہ ان کا نشانہ لیتا اور بندوق چلایا کرتا۔جس کی آواز کے ساتھ ہی ساری چڑیاں اور دوسرے پرندے اڑ کر چلے جاتے۔اس کا نشانہ اکثر چوک جاتا تو وہ خود سے کہتا''ابھی مجھے بہت زیادہ مشق کرنی ہوگی۔!''پھر آہستہ آہستہ اس کا نشانہ پختہ ہوتا گیا۔اور وہ ہر چھٹی کے دن چڑیوں اور دوسرے معصوم پرندوں کا شکار کرنے لگا۔ جیسے ہی کوئی چڑیا یا کوئی اور پرندہ اس کی ایرگن کی گولی لگنے کے بعد نیچے زمین پر گرتا وہ دوڑ کر اس کے پاس پہنچ جاتا اور اس کے جسم سے گولی نکال کر گھر لے آتا۔اس کی مرہم پٹی کرتا اور پنجرہ میں بند کردیتا۔ جب وہ دو تین پرندے گراتا تو وہ بہت خوش ہوتا اور خوشیوں کے ہنڈولے میں جھومتا ہوا جیسے بہت بڑا شکاری ہو گھر لوٹ آتا۔!

ایک دن ماسٹر جی نے اسے شکار کرتے ہوئے دیکھ لیا۔انہوں نے اسے سمجھایا''راشد بیٹے معصوم پرندوں کا شکار بہت بری بات ہے۔ بے زبان پرندے تو پیار کرنے کیلئے ہوتے ہیں۔نہیں بیٹا تمہیں یہ شوق ترک کرنا ہوگا۔!''

تب وہ کہتا ''لیکن ماسٹر جی میں انہیں مرنے نہیں دیتا گھر لاتا ہوں، ان کی مرہم پٹی کرتا ہوں ۔انہیں دانہ پانی دیتا ہوں اور جب وہ ٹھیک ہو جاتے ہیں انہیں آزاد بھی کر دیتا ہوں ۔!''

لیکن بیٹا تمہاری گن سے جو گولی انہیں لگتی ہے جس پر وہ زخمی ہو کر زمین پر گر کر جس طرح وہ پرندہ تڑپتا ہے کیا اس درد کا تمہیں احساس نہیں ہوگا ۔! نہیں بیٹا معصوم پرندوں کے شکار پر اللہ ناراض ہوتے ہیں ۔!''

لیکن اس کے چھوٹے ذہن میں ماسٹر جی کی یہ فلسفیانہ بات سمانہیں پاتی ۔ وہ اپنی دھن میں مگن ہو جاتا ۔

وقت بھی کہیں رکا ہے ۔ وقت کا پنچھی مہینوں اور سال کے افق پر اڑتا رہا اور کل کے بچے آج بڑے ہو کر جوانی کی دہلیز پار کر گئے تھے ۔ راشد جب انٹر میڈیٹ اچھے نشانات سے کامیاب ہو گیا تو انجینئر نگ میں داخلے کا امتحان بھی دے ڈالا ۔ بہت محنت سے اس نے اس امتحان کی تیاری کی تھی ۔ وہ اللہ کے گھر حاضری دیتا اور سر بسجود ہو کر مالک دو جہاں سے دعا مانگتا تا کہ اسے اس امتحان میں بھی نمایاں کامیابی سے ہمکنار کرے ۔ اس کی اور ماں نادرہ خاتون کی دعائیں اللہ رب العزت نے قبول کر لی اور راشد بہترین نشانات لے کر اس مقابلہ کا امتحان کامیاب ہو گیا تھا ۔ اس نے سوچ رکھا تھا کہ انجینئر نگ کی ڈگری وہ شہر حیدر آباد کے کسی اچھے کالج سے پڑھ کر حاصل کرے گا ۔ اس کیلئے اسے اپنا وطن تو چھوڑنا ہی پڑے گا ۔ اس کے ماموں جو کہ اس کی امی کے بڑے بھائی تھے وہ شہر حیدر آباد ہی میں قیام پذیر تھے ۔ یہیں ان کا بزنس تھا ۔

راشد کو جب مفخم جاہ انجینئر نگ کالج میں داخلہ مل گیا تو اس کے ابو اور امی دونوں ہی نے حیدر آباد آ کر اس کے ماموں سے بات کی جنہیں اس کے قیام پر کوئی اعتراض نہ تھا ۔

انہوں نے خندہ پیشانی اور بڑے دل سے اپنی بہن نادرہ خاتون اور بہنوائی ماجد صاحب سے کہا ''مجھے خوشی ہوگی کہ راشد میرے گھر رہ کر اپنی تعلیم مکمل کر لے۔ اپ دونوں اس فکر سے آزاد ہو جائیں۔ اللہ کے فضل و کرم سے نہ صرف ہمارا دل کشادہ ہے بلکہ ہمارا گھر بھی۔ اس گھر کے دو، ایک کمرے تو ویسے بھی بند پڑے ہیں۔ راشد کو ایک کمرہ دے دیا جائے گا جس میں ٹائیلٹ بھی جڑا ہوا ہے۔!''

یہ سُن کر نادرہ خاتون نے اپنے بھائی سلیم الدین صاحب سے کہا ''بھیا نے تو میری ساری فکر دور کر دی۔ ہم آپ کے بے حد شکر گزار ہیں۔!''

سلیم صاحب نے کہا ''آپ دونوں ساری فکر بھلا کر راشد کو بھیج دیں۔ ہمارے ہاں رہے گا تو ہماری نگرانی میں بھی رہے گا۔!

''ہاں سلیم بھائی۔ آپ بالکل ٹھیک کہہ رہے ہیں۔ آپ کی نگرانی رہے گی تو ہم بھی مطمئن رہیں گے اور پھر وہ پوری تندہی اور دلچسپی سے اپنی تعلیم پر توجہ دے گا۔!'' اس طرح بڑی آسانی سے اس کے رہنے کا انتظام ہو گیا۔ نادرہ خاتون اور ماجد صاحب نے سلیم صاحب سے اجازت لی اور واپس نظام آباد لوٹ گئے جہاں ماجد صاحب کی ملازمت تھی اور رہائش بھی۔

پھر راشد اپنی ضروری کتابیں اور کپڑے وغیرہ لئے ہوئے ماموں سلیم صاحب کے گھر آ گیا۔ اسے کمرہ سیٹ کرنے کی کوئی خاص ضرورت بھی پیش نہ آئی کیونکہ اس کمرے میں ضرورت کی ہر چیز موجود تھی۔ فرش پر دبیز قالین، سنگل بیڈ مع گدہ اور بیڈ شیٹ، ایک جانب وارڈ روب تھا جس میں درمیانی حصہ میں آئینہ نصب تھا جو ڈریسنگ ٹیبل کا کام کرتا تھا۔ پڑھنے کیلئے ایک جانب ٹیبل اور ٹیبل لیمپ بھی رکھا تھا۔ میز کے اوپری حصہ میں ایک خوبصورت پینٹنگ بھی آویزاں تھی اور میز پر خوشنما پھولوں کا خوبصورت گلدستہ بھی رکھا ہوا تھا۔ پھول

تازہ تھے اور عطر بیز خوشبو کمرے میں پھیلی ہوئی تھی ۔ راشد نے سوچا کہ یہ کمرہ کسی پانچ ستارہ ہوٹل کے کمرے سے کم نہ تھا وہ خوش بھی تھا کہ محض ماموں جان کے باعث وہ اتنے شاندار کمرے میں رہائش کرنے لگا تھا اور گھر بنجارہ ہلز روڈ نمبر تین پر واقع تھا اور اسی روڈ پر اس کا انجینئرنگ کالج بھی ۔ بس چند منٹوں کی مسافت درکار تھی ۔ وہ بہت ہی مطمئن انداز میں اپنی تعلیم شروع کر چکا تھا۔ رہنے اور کھانے کا انتظام اللہ تعالی نے ایسا کر ڈالا تھا کہ اس کے شان وگمان میں بھی نہ تھا۔ نادرہ خاتون اور ماجد صاحب بھی مطمئن اور بے فکر ہو گئے تھے ۔!

سلیم صاحب کو کوئی اولاد نرینہ نہ تھی ۔ انہیں تین لڑکیاں تھیں ۔ ثانیہ بڑی تھی ۔ شاذیہ منجھلی اور شائستہ چھوٹی تھی ۔ ثانیہ انٹر سال اول کی طالبہ تھی اور اس سے چھوٹی دو بہنیں دسویں اور آٹھویں جماعت میں تھیں ۔ ثانیہ کی امی نفیسہ خاتون کا تعلق بھی تعلیم یافتہ گھرانے سے تھا۔ ان کے والد یونیورسٹی میں پروفیسر رہ چکے تھے ۔ وہ بہترین مزاج اور بے انتہا سلیقہ مند خاتون تھیں ۔ سلیم صاحب نے راشد کے قیام کے سلسلے میں جب ان کی رائے چاہی تو انہوں نے بھی خندہ پیشانی کا ثبوت دیا اور اس کے قیام کا تہہ دل سے استقبال کیا تو سلیم صاحب بھی مطمئن ہو گئے ۔

راشد آہستہ آہستہ اس فیملی سے جڑتا گیا اور بے تکلف بھی ہوتا گیا۔ وہ مامی نفسیہ خاتون کا بہت احترام کرتا ۔ اگر گھر کیلئے کسی چیز کی ضرورت ہوتی تو وہ بلا جھجک مامی کو اپنی خدمات پیش کرتا ۔ ادھر نفیسہ خاتون بھی خوش تھیں کہ کوئی لڑکا نہ ہونے سے انہیں بعض وقت لڑکے کی کمی جو محسوس ہوتی تھی وہ راشد کے آنے سے پوری ہو گئی تھی ۔ ثانیہ بھی بہت اچھے مزاج کی حامل تھی ۔ شاذیہ کچھ تیز تھی لیکن شائستہ بہت سنجیدہ طبعیت رکھتی تھی ۔ وہ اکثر ماموں کی موجودگی میں رات کے کھانے پر یکجا ہوتے ۔ ثانیہ کبھی کبھی میتھس کا کوئی سوال

اسے سمجھ میں نہ آتا تو سیدھا راشد کے پاس آتی جو اسے بڑی آسانی سے سمجھا دیتا اور ثانیہ مطمئن ہوجاتی۔ شروع شروع میں ان کے درمیان جو تکلف کی دیوار تھی اب وہ آہستہ آہستہ منہدم ہوتی گئی۔ کبھی کبھار وہ اس سے ہلکا پھلکا مذاق بھی کر لیتا، اسے چھیڑتا تو وہ بھی محظوظ ہوتی کبھی برا نہ مانتی۔ آہستہ آہستہ وہ اسے پسند کرنے لگی تھی۔

وقت مدھم سروں میں بہتا رہا۔ وہ مختلف گزرگاہوں سے ہوتے ہوئے اپنی اپنی منزلوں تک آپہنچے تھے۔ راشد انفارمیشن ٹکنالوجی میں ڈگری کے آخری سال میں پہنچ چکا تھا اور اب اسے ڈگری حاصل کرنے میں بس چند مہینے درکار تھے۔ اس کی محنت اور لگن کام آگئی تھی اور اس کا انتخاب حیدرآباد ہی میں ایک ملٹی نیشنل کمپنی نے اپنے سافٹ ویر ڈویژن کیلئے کرلیا تھا وہ بہت حوش تھا اور اس کی امی اور ابو بھی بے انتہا خوش تھے اور اپنے احباب کے سامنے بڑے فخر سے اپنے ہونہار سپوت کی کامیابی کا ذکر کیا کرتے۔ ادھر ثانیہ بھی بی ایس سی کے آخری سال کے امتحان کی تیاری بڑی محنت اور لگن سے کر رہی تھی۔

چھٹی کی ایک شام راشد نے مامی سے اجازت لے کر ثانیہ کو اپنے ساتھ تفریح کیلئے لے گیا تھا۔ شام جو بہت خوشگوار تھی۔ انہوں نے پہلے آئسکریم پارلر میں اپنی پسند کی آئسکریم کھائی اور گھوم گھام کر حسین ساگر جھیل کے کنارے آکر بیٹھ گئے۔ ثانیہ کی پرکشش آنکھوں میں راشد کی محبتوں کے چراغ جل اٹھے تھے اور راشد اس کی شخصیت کے سحر میں کھونے لگا تھا۔ شام کے سرمئی اندھیرے آہستہ آہستہ پھیل رہے تھے اور دور جھیل کے دوسرے کنارے پر جلتی بجھتی لائٹوں اور ٹیوب لائٹ کی خوابناک سی روشنیوں کا عکس جھیل کے پانی میں بے انتہا خوبصورت لگ رہا تھا۔ راشد ثانیہ کا ہاتھ تھامے خوابناک سے لہجے میں مخاطب تھا" دل کے کورے کاغذ پر جب کسی کا نام درج ہوتا ہے تو کیسی میٹھی میٹھی کسک سارے وجود میں جاگ

پڑتی ہے۔ ہونٹوں پر دبیز مسکراہٹ پھیلنے لگتی ہے اور پلکیں آپ ہی آپ بھیگنے لگتی ہیں اور دل مچلنے لگتا ہے۔ ثانیہ بس ان دنوں میں یہی کیفیت ہے اور میرے دل کے کورے کاغذ پر ایک نام درج ہو چکا ہے اور وہ ہے ثانیہ۔ اس نام کی گونج میرے خوابوں کو رنگین کئے ہوئے ہے ۔! کیا تم نے بھی یہی محسوس کیا ہے۔!''

''ہاں راشد۔! میری بھی بس یہی کیفیت ہے۔ یہی احساس میرے دل میں بھی جاگ اٹھا ہے۔ اور شائد اسی کو محبت کہتے ہیں۔ ہاں راشد مجھے بھی تم سے محبت ہوگئی ہے۔!'' ثانیہ نے بھی کھلے دل سے راشد کے جذبوں کی قدر کی اور اپنی محبت اس کے تئیں جو اس کے دل کے نہاں خانوں میں جگہ بنالی تھی اس کا کھل کر اقرار کرلیا۔!

راشد نے جب اپنی ملازمت کا ایک سال مکمل کرلیا تو اس کے والدین اس کی شادی کے بارے میں سوچنے لگے۔ اس کی امی نادرہ خاتون نے جب اس سے پوچھا'' بیٹے راشد اللہ کے فضل وکرم سے تمہاری ملازمت کا ایک سال مکمل ہو چکا ہے اور اب ہم چاہتے ہیں کہ تمہاری شادی کردی جائے۔ تم مجھے یہ بتاؤ کہ تم کیسی لڑکی کو اپنی شریک حیات بنانا چاہو گے۔ میرا مطلب ہے تعلیمی اعتبار سے کتنی پڑھی لکھی ہو، گھریلو ٹائپ ہو یا ماڈرن قسم کی۔ تب راشد نے اپنی امی سے کہا'' میں صرف سائنس میں گریجویشن کی ہوئی اور گھریلو قسم کی امور خانہ داری سے واقف دینی مزاج کی حامل لڑکی، جو اپنے دل میں خوف خدا رکھتی ہو، جس کے دل میں شوہر اور اس کے والدین کا احترام ہو میں ایسی لڑکی سے شادی کرنا چاہوں نگا۔ کچھ وقفہ خاموش رہے کے بعد اس نے سلسلہ کلام جاری رکھتے ہوئے کہا'' امی جان۔ اس خصوص میں آپ کو زیادہ پریشان ہونے کی ضرورت نہیں ہے۔ میں نے لڑکی پسند کر لی ہے اور وہ ہے ثانیہ۔!''

''واہ بھئی تم تو بہت تیز نکلے۔! دراصل نادرہ خاتون نے بھی یہی سوچ رکھا تھا کہ اپنے بھائی کی لڑکی کو اپنی بہو بنالیں۔ چنانچہ انہوں نے خوش ہوکر کہا ''ٹھیک ہے راشد میں بھائی جان کے پاس تمہارا رشتہ ثانیہ کیلیئے لے کر جاونگی'' مجھے امید ہے کہ وہ انکار نہیں کریں گے۔!''

''ہاں امی انشاء اللہ ایسا ہی ہوگا۔!'' راشد نے کہا تو نادرہ خاتون نے آگے بڑھ کر اس کی پیشانی چوم لی۔! سلیم صاحب نے اپنی بہن نادرہ خاتون کا بھرم قائم رکھا اور راشد کیلیئے ثانیہ کو جو انہوں نے مانگا تھا وہ قبول کرلیا۔ دونوں خاندانوں میں شادی کی تیاری شروع ہوگئیں اور ایک مبارک گھڑی ثانیہ راشد کی دلہن بنی اس کے گھر آ گئی۔ چند دن وہ اپنی سسرال میں گزار کر راشد کی چھٹیاں جیسے ہی ختم ہوئیں وہ اس کے ہمراہ حیدرآباد چلی آئی۔ راشد نے ایک مختصر لیکن خوبصورت مکان کرایہ پر لے لیا تھا اور وہ دونوں وہاں منتقل ہوکر گھر سجانے میں مشغول ہوگئے۔ وہ ثانیہ کا بے حد خیال رکھتا اور کمپنی سے سیدھا گھر لوٹتا۔ گھر آ کر وہ فریش ہوجاتا اور پھر وہ مختلف تفریحی پروگرام بنا کر گھومنے نکل پڑتے۔ پھر ان کے آنگن میں ایک پھول عمران کی شکل میں کھلا۔ ان کی بے لوث محبت کی نشانی تھا وہ عمران جوں جوں بڑا ہوتا گیا راشد اور ثانیہ دونوں کیلیئے پریشانی میں اضافہ کرتا گیا کیونکہ وہ آواز سے محروم تھا اور اسے پکارنے پر بھی وہ متوجہ نہ ہوتا۔ ڈاکٹری معائنے سے معلوم ہوا کہ عمران آواز اور سماعت دونوں سے محروم ہے۔ تب وہ دونوں پریشان ہوا ٹھے لیکن کر بھی کیا سکتے تھے سوائے اس کے کہ اللہ رب اللہ رب العزت سے اپنی دعاؤں کے ذریعہ عمران کیلیئے آواز وسماعت مانگتے۔!

دوسال بعد اللہ تعالیٰ نے انہیں دوسری اولاد عطا کی۔ انہوں نے اس کا نام کامران رکھا اور اس کے لئے بھی دونوں بے حد فکر مند رہا کرتے کہ کہیں کامران کے ساتھ

بھی وہی معاملہ نہ ہو جو کہ عمران کے ساتھ ہوا تھا اور آج راشد کی روح تک کانپ اٹھی تھی جب ڈاکٹر نے کامران کا معائنہ کرنے کے بعد کہا وہ بھی آواز اور سماعت دونوں سے محروم ہے۔ ثانیہ کے ہوش اڑ گئے۔ روتے روتے اس کا برا حال تھا۔

ایک دن راشد نے اپنے ایک مخلص دوست سے اس بات کا ذکر کیا تو اس نے اسے ایک بزرگ اور اللہ والی ہستی کے پاس لے گیا۔ راشد نے جب اپنے دونوں بچوں کے متعلق ان سے بات کی تو وہ کچھ دیر سوچ میں گم ہو گئے پھر اس سے دریافت کیا ''کیا بچپن میں تمہیں پرندوں کے شکار کا شوق تھا کیا تم معصوم پرندوں پر گولی چلایا کرتے تھے۔؟''

''ہاں حضرت بچپن میں مجھے پرندوں کے شکار کا بہت شوق تھا اور ایئر گن سے میں ان کا شکار کیا کرتا تھا۔!'' راشد نے صاف صاف کہا۔

''بس ان ہی معصوم پرندوں کی بد دعا سمجھو کہ اللہ تعالیٰ نے تمہارے بچوں کو آواز اور سماعت دونوں سے محروم رکھا ہے!!

اب کیا ہو سکتا ہے۔ سوائے اس کے کہ اپنے گناہوں کا کفارہ ادا کرے۔ یہی سوچ کر وہ واپس لوٹ آیا۔ یہ وہ زخم تھا جو شائد زندگی بھر مندمل نہ ہو۔ اس کے گناہ کی سزا اللہ تعالی نے اس کے دو معصوم بچوں کو دی تھی اور اس احساس کی کرچیاں اس کے اس زخم کو تا حیات تازہ کرتی رہیں گی۔

xxx

خاموشیاں

زندگی میں بعض حادثے عجیب وغریب اور حیرت انگیز ہوجاتے ہیں۔اس میں بھی اللہ تعالی کی مصلحت ضرور پوشیدہ رہتی ہے۔اور یہ بات اس وقت سمجھ میں آتی ہے جب کوئی انہونی بات ہوجاتی ہے۔

راحیل کی زندگی میں ایک ایسا حادثہ ہوگیا کہ وہ اپنی آواز کھوبیٹھا۔وہ جب انجینئرنگ میں پوسٹ گرائجویشن کررہا تھا اوراپنے ایک دوست کی موٹر بائیک پر پچھلی سیٹ پر بیٹھ کر یونیورسٹی جارہا تھااس دن اسے اپنا پروجیکٹ داخل کرنا تھا۔مخالف سمت سے آتی ہوئی ایک تیز رفتارٹرانسپورٹ گاڑی نےٹکردے دی۔اس کا دوست سمیراوروہ دونوں ہی مقام حادثہ پر شدید زخمی حالت میں بے ہوش ہوگئے۔چندراہ گیراور مقامی لوگوں نے ان دونوں کوقریب ہی ملٹی اسپشالیٹی ہاسپٹل میں شریک کروادیا اور یونیورسٹی کے کالج آف انجینئرنگ کے پرنسپل کوفون پراس حادثے کی اطلاع دے دی۔صرف آدھے گھنٹے میں ان کے ساتھی طلباء اور دوایک پروفیسرز دواخانہ پہنچ گئے۔سمیراور راحیل دونوں کوآپریشن تھیٹر منتقل کیا گیا اور تفصیلی معائنے کے بعدڈاکٹرز کی ایک ٹیم نے اطلاع دی کہ سمیر کے دائیں پیر کی ہڈی ٹوٹ گئی ہے۔آپریشن کر کے اسے جوڑنے کی کوشش کی جائے گی۔راحیل کے بائیں ہاتھ میں فریکچر آچکا ہے۔اس کے چہرے اور گردن پرزخم آئے ہیں۔پھر دونوں کے آپریشن کئے

گئے اور انہیں آئی سی یو (انتہائی نگہداشت) والے وارڈ میں منتقل کیا گیا۔ راحیل اور سمیر کے والدین کو جب اس حادثے کی اطلاع دی گئی تو وہ لوگ بھی پریشانی کے عالم میں دواخانہ پہنچ گئے اور ان دونوں کی جلد صحت یابی کیلئے دعائیں کرنے لگے۔ دو ہفتے دواخانے میں شریک رہنے کے بعد انہیں ڈسچارج کر دیا گیا۔ سمیر کے دائیں پیر پر پلاسٹر ڈالا گیا اور اسے مکمل آرام لے کر ایک مہینہ بعد دوبارہ جانچ کیلئے رجوع ہونے کی ہدایت دی گئی لیکن راحیل کیلئے یہ حادثہ انتہائی جاں سوز ثابت ہوا۔ اس کے شان وگمان میں بھی نہ تھا کہ اس حادثے کے باعث اسکی زندگی یکسر بدل جائے گی اور وہ اپنی آواز کھو بیٹھے گا۔ اس حادثے نے اس کے حلق کے "Vocal Chord" ووکل کارڈ کو متاثر کیا تھا۔ ای این ٹی کے ماہر سرجن کا خیال اور رائے تھی کہ فی الوقت راحیل کو مکمل آرام کی ضرورت ہے اس کے بھی بائیں ہاتھ کے فریکچر کیلئے ہاتھ پر پلاسٹر ڈالا گیا تھا۔ ڈاکٹر سکینہ کا خیال تھا کہ آہستہ آہستہ آواز دوبارہ واپس آسکتی ہے۔ فی الوقت کچھ کہا نہیں جا سکتا۔ وقت اور حالات کبھی مہربان ہوتے ہیں تو کبھی ایسا زخم بھی دے جاتے ہیں کہ انسان خود کو بے بس سا محسوس کرنے لگتا ہے۔ راحیل بھی سوچتا رہ گیا حالات چونکہ ہر ایک کے بس کے باہر تھے اس لئے سمجھوتہ کرنا ہی پڑا۔

وقت کے ساتھ وقت ہی کے دیئے گئے زخم مندمل ہو ہی جاتے ہیں۔ تین مہینے بعد سمیر اور راحیل اللہ کے فضل و کرم سے صحت یاب ہو گئے تھے۔ اور یونیورسٹی بھی جانا شروع کر دیئے تھے۔ راحیل سن تو سکتا تھا لیکن بول نہیں سکتا تھا۔ وہ اپنی بات اشاروں میں کہنے کی کوشش کرتا یا پھر جو کچھ اسے کہنا ہوتا ہے وہ کاغذ پر لکھ کر دے دیتا۔ اس طرح اس نے حالات سے سمجھوتہ کر لیا۔ ایم اے کے آخری سال کے امتحان بھی وہ دونوں لکھ چکے تھے اور اب نتیجے کے انتظار میں تھے۔ نتیجہ جب آیا تو دونوں ہی اعلی نشانات سے کامیاب ہو گئے

تھے۔ساتھ ہی راحیل ساری یونیورسٹی میں اول آیا تھا وائس چانسلر نے راحیل کو گولڈ میڈیل دینے کا اعلان کر دیا۔ پروفیسر اور ساتھی طلباء نے اسے مبارکبا ددی تو وہ خوشی وانبساط سے سرشار جذباتی ہوگیا اور اس کی آنکھیں بھر آئیں۔

دو مہینے بعد یونیورسٹی کا کانوکیشن ہوا جس میں طلباء کو ڈگریاں عطا کی گئیں۔نائب صدر جمہوریہ ہند کے ہاتھوں طلباء نے ڈگریاں حاصل کیں اور میڈلس بھی۔اسی تقریب میں نائب صدر جمہوریہ نے راحیل کو بھی گولڈ میڈل عطا کیا۔جس وقت وہ نائب صدر جمہوریہ ہند کے ہاتھوں گولڈ میڈل حاصل کرر ہا تھا سارا ہال تالیوں سے گونج رہا تھا۔اس کے والدین بھی اس تقریب میں شریک تھے۔یہ تقریب یونیورسٹی کے کانوکیشن ہال میں منعقد کی گئی تھی جو طلباء، اساتذہ اور سامعین سے کھچا کھچ بھرا ہوا تھا۔

راحیل سافٹ ویر ٹیکنالوجی میں ماسٹرس کی ڈگری تو لے چکا تھا لیکن اب اسے فکر لاحق ہوگئی تھی کہ اپنا کیریر (Career) شروع کرے تو کیونکر سب سے بڑا مسئلہ اس کی آواز کا نہ ہونا تھا جس کیلئے سارے ملک میں جہاں جہاں بھی ماہرین حلق ڈاکٹرس سے ربط پیدا کیا گیا۔کسی نے آپریشن کا مشورہ دیا تو دوسرے کئی ایک ڈاکٹرس نے ڈاکٹر سکسینہ کی رائے سے اتفاق کیا کہ آپریشن کروانا رسکی (Risky) ثابت ہوگا اور اگر اللہ نے چاہا تو آواز آہستہ آہستہ خود ہی واپس ہوسکتی ہے۔ چنانچہ راحیل اپنے مستقبل اور کیریئر کی شروعات کے سلسلے میں ابھی کچھ طئے نہیں کر پا رہا تھا۔سمیر نے بھی مشورہ دیا تھا کہ جلد بازی سے کام نہ لے بہت سوچ سمجھ کے فیصلہ لے۔

راحیل نے اب اپنا یہ معمول بنا لیا تھا کہ ہر رات دو، تین گھنٹے اپنے کمرے میں سسٹم (کمپیوٹر) پر بیٹھے انٹرنیٹ کے ذریعہ ساری دنیا کے کیریئر کونسلرز سے رابطہ قائم کرتا

،واٹس اپ پر چیاٹنگ کرتا اور ران سے بھی مشورہ کرتا کہ کس فیلڈ میں اسے کیریئر کی شروعات کرنی چاہیئے ۔ چنانچہ ہوا یہ کہ ایک رات اس کا رابطہ ایک بے حد خوبصورت لڑکی جس کا نام تمنا کوثر تھا سے ہوگیا۔ دونوں نے اپنا اپنا تعارف ایک دوسرے سے کرایا۔ تمنا کوثر بھی سافٹ ویئر ٹیکنالوجی میں پوسٹ گریجویٹ تھی اور بنگلور میں اپنا ایک ذاتی ادارہ کیریئر کونسلنگ چلا رہی تھی ۔ راحیل اس کی خوبصورتی سے بے حد متاثر ہوگیا تھا۔ کتابی چہرے پر کھڑی ناک اور بڑی بڑی نرگسی آنکھیں، کشادہ پیشانی اور کھلتا ہوا رنگ ۔ اس کے بال بھی بہت خوبصورت تھے جنہیں وہ اکثر کھلے اور بکھرائے رکھتی ۔ ہر رات وہ ایک دوسرے کے منتظر رہتے اور روزانہ رات دس بجے نیٹ کے ذریعہ ایک دوسرے سے ملاقات کرتے اور ان کی چیاٹنگ کا سلسلہ رات دیر گئے تک جاری رہتا ۔

راحیل کا دوست سمیر اپنے بزنس کے سلسلے میں اکثر بنگلور جایا کرتا۔ راحیل نے اسے تمنا کوثر کے بارے میں تفصیلات بتا کر اس کا پتہ دیا اور ہدایت دی کہ اس کے بارے میں تفصیلی معلومات حاصل کر کے اسے رپورٹ دے ۔ چنانچہ سمیر نے تمنا کوثر کے بارے میں بہترین طریقے سے تحقیقات کیں ۔ نہ صرف اس کے کیریئر کونسلنگ ادارے کے بارے میں معلومات حاصل کی تھیں بلکہ اس کے فیملی بیک گراؤنڈ، کس فیملی سے تعلق ہے ۔ اس کے والد کیا کرتے ہیں ۔ بھائی بہن کتنے ہیں اور وہ کیسے کردار کی مالک ہے ۔ وہ اس سے ذاتی طور پر بھی ملا تھا اور کافی متاثر ہوا تھا۔ پھر اس نے اپنی معلومات پر منحصر ایک تفصیلی رپورٹ راحیل کو دے دی تھی لیکن ایک خاص بات تمنا کوثر کے متعلق اس نے راحیل کو نہیں بتائی تھی جو وقت آنے پر خود بخود راحیل کو معلوم ہو سکتی تھی ۔ سمیر کی تفصیلی رپورٹ تمنا کوثر کے بارے میں معلوم کر کے راحیل بہت مطمئن ہوگیا اور ساتھ ہی بے حد خوش بھی ۔

ایک رات جب وہ تمنا کوثر سے چیاٹنگ کر رہا تھا تو اس نے کہا ''ہم یہ چیاٹنگ کب تک کرتے رہیں گے کیا ہم ملاقات نہیں کر سکتے۔!'' محبت، ایک سچائی ہے اور مجھے ایسا لگ رہا ہے کہ مجھے تم سے محبت ہوگئی ہے یہ وہ جذبہ ہے جو اللہ رب العزت نے دو انسانوں کے بیچ اس شدت سے پیدا کرتا ہے کہ دو اجنبی اور نا آشنا پیکر ایک نیا رشتہ قائم کرتے ہیں جو سب سے اونچا اور اعلی ہوتا ہے۔!''

اسے پڑھ کر تمنا کوثر نے لکھا ''آپ شائد بالکل سچ کہہ رہے ہیں۔ میں نے بھی اپنے دل کے کورے کاغذ پر آپ کا نام لکھ دیا ہے۔ محبت کا کنول تو دل میں بس ایک بار ہی کسی ایک کیلئے کھلتا ہے اور وہ کنول میرے دل کی جھیل پر آپ کے نام کھل چکا ہے۔ میں بھی چاہتی ہوں کہ ہم ایک دوسرے سے ایک بار مل لیں تو شائد ہمارے لئے اگلی راہیں آسان ہوجائیں۔!''

ہاں تم ٹھیک کہہ رہی ہو۔ میں بہت جلد تمہیں اپنے بنگلور پہنچنے کی اطلاع دونگا۔!'' راحیل نے میسیج لکھا اور سسٹم بند کر دیا۔ ایک طرح سے وہ خود کو ذہنی دباؤ سے آزاد اور ہلکا پھلکا محسوس کر رہا تھا۔ اس کے ذہن میں جو سوال اٹھ رہے تھے وہ سب آج تمنا کوثر سے چیاٹنگ کے بعد دب گئے۔!''

سمیر نے ''تمنا کوثر'' کے متعلق جو معلومات راحیل کو فراہم کی تھیں اس کے مطابق تمنا کوثر بنگلور کے ایک سید گھرانے سے تعلق رکھتی تھی جو متوسط اور دیندار تھا۔ اس کے والد سرکاری ادارے میں بحیثیت سیول انجینئر مامور تھے۔ مختصر فیملی تھی ایک لڑکی ''تمنا کوثر'' اور ایک چھوٹا لڑکا جو ابھی ہائی اسکول کا طالب علم تھا۔ ''تمنا کوثر'' نے اپنی تعلیم مکمل کر کے سافٹ ویئر ٹکنالوجی میں کیریئر کونسلنگ کا ادارہ کھول رکھا تھا جہاں وہ حجاب میں رہ کر اپنا کام

انجام دیتی ۔اس کے ایک چاچا ہر روز اس کے ساتھ ادارے کے دوسرے اُمور کی نگرانی انجام دیتے۔

راحیل کی خود کی فیملی بھی مختصر ہی تھی ۔اس سے بڑی اور چھوٹی دو بہنیں تھیں جن کی شادیاں ہو چکی تھیں ۔ بڑی بہن کے شوہر ڈاکٹر تھے وہ امریکہ میں تھی اور چھوٹی بہن جس کے شوہر انجینئر تھے۔آسٹریلیا میں مقیم تھی ۔ والد کا پارچہ کا بزنس تھا جو کہ حیدرآباد کے مصروف بازار پتھر گٹی میں ثمینہ کلکشن شوروم کی شکل میں تھا۔ وہ اپنے والدین کی تنہا اولا دنرینہ تھا چونکہ تعلیم حاصل کر کے خود کی ایک علحدہ پہچان بنانا چاہتا تھا اس لئے خود کو والد کے بزنس سے الگ رکھا تھا۔اس کے والد محسن صاحب نے بھی اسے چھوٹ دے دی تھی کہ وہ اپنی مرضی سے اپنے کیریئر کو چن لے۔ چنانچہ اس نے سافٹ ویرٹکنالوجی میں پوسٹ گریجویشن کی تکمیل کی تھی ۔اللہ تعالی کی کیا مرضی تھی کہ بائیک حادثے میں وہ اپنی آواز کھو بیٹھا تھا جس پر شروع شروع میں کافی مایوس رہا تھا لیکن پھر اس نے خود پر قابو پالیا تھا اور اس کی زندگی آہستہ آہستہ معمول پر آ گئی تھی۔

ایک ہفتہ بعد راحیل بذریعہ طیارہ بنگلور پہنچا تھا۔ایر پورٹ پر تمنا کوثر اور اس کے چچا نیاز احمد نے اس کا استقبال کیا۔ایر پورٹ سے سیدھا وہ لوگ ہوٹل ونڈسر پہنچے جہاں کمرہ نمبر 203 راحیل نے نیٹ پر بک کروایا تھا۔ راحیل نے بنگلور میں دو دن قیام کیا حسب پروگرام تمنا کوثر کے والدین سے بات کی ،تمنا کوثر کے کونسلنگ آفس بھی گیا اور تمنا کوثر کے والد فراز احمد چاچا اور والدہ کو حیدرآباد آنے کی دعوت دے کر واپس لوٹ آیا۔

واپس ہونے کے دو دن بعد ناشتے کی میز پر اس نے اپنے والدین کو تمنا کوثر کے بارے میں تفصیلی طور پر بتایا کہ وہ اس سے شادی کرنا چاہتا ہے اس نے یہ بھی تحریر میں لکھ دیا

کہ اگلے ہفتے اس کے والدین حیدرآباد پہنچ رہے ہیں۔فراز صاحب اپنی اہلیہ اور چھوٹے بھائی نیاز احمد کے ساتھ حیدرآباد پہنچے۔ان کا استقبال کرنے والوں میں راحیل،اس کے والدین اور دوست سمیر شامل تھے۔دو کاروں میں یہ قافلہ ایرپورٹ سے سیدھا راحیل کے گھر بنجارہ ہلز روڈ نمبر 3 ثمینہ منشن پہنچا۔فراز صاحب ایک دن کے پروگرام سے آئے تھے۔راحیل کے والدین سے ملاقات ان کا اصل مقصد تھا اور تمنا کوثر اور راحیل کے رشتہ کے بارے میں بھی انہوں نے ضروری بات کی جس پر راحیل کی امی نے مثبت انداز میں جواب دیتے ہوئے کہا کہ ہم لوگ اگلے ہفتے بنگلور آئیں گے۔لڑکی کو دیکھنے کے بعد ہی بقیہ امور پر بات کریں گے۔تو فراز صاحب نے کہا''بہن آپ کی آمد ہمارے لئے باعث رحمت ہوگی۔ہم آپ کو خوش آمدید کہتے ہیں۔!'' پھر یہ تینوں بنگلور لوٹ گئے۔

پھر ایک ہفتہ بعد راحیل اپنے والدین کے ساتھ فراز صاحب کے گھر پہنچا جہاں وہ لوگ ان کے منتظر تھے۔ان کی فلائیٹ صبح دس بجے پہنچی تھی۔وہ تینوں منہ ہاتھ دھوکر تازہ دم ہو گئے تھے۔ڈائننگ ٹیبل سے مختلف ڈشس کی خوشبو فضاء میں بکھر رہی تھی۔انہوں نے سیر ہوکر کھایا چونکہ گیارہ بج رہے تھے اور سب ہی کی بھوک عرج پر پہنچ چکی تھی۔کھانے کے بعد مہمانوں کو ڈرائنگ روم میں بٹھایا گیا جہاں گرم گرم اور ذائقہ دار چائے پیش کی گئی۔ثمینہ بیگم نے طائرانہ نظر سے سارے گھر کی سجاوٹ کا جائزہ لیا اور گھر والوں کے سلیقے کی قائل ہوگئیں۔

تمنا کوثر جب اپنی والدہ کے ساتھ ڈرائنگ روم میں داخل ہوئی اور راحیل کے والدین کو بہت ہی ادب اور احترام کے ساتھ سلام کیا تو ثمینہ خاتون نے آگے بڑھ کر اسے اپنے سینے سے لگالیا اور اس کی جبیں پر مہر محبت ثبت کر دی۔وہ بہت ہی ہلکے میک اپ میں

تھی لیکن بے انتہا خوبصورت لگ رہی تھی۔ انھوں نے پہلی ہی نظر میں اسے پسند کرلیا تھا۔ جب انہوں نے اپنی رضامندی ظاہر کی تو اس کی امی نے کہا ''بھابھی ایک بات آپ کو بتانی ہے وہ یہ کہ بچپن میں ایک حادثے کی وجہ سے تمنا اپنی قوت سماعت کھو بیٹھی ہے۔ وہ بول تو سکتی ہے لیکن سن نہیں سکتی۔ اللہ تعالی نے شائد اسے راحیل کیلیئے ہی پیدا کیا ہے جو کہ سن تو سکتا لیکن بول نہیں سکتا۔!''

یہ سن کر ثمینہ خاتون واقعی حیرت زدہ رہ گئیں اور اللہ رب العزت کی مصلحت کی قائل بھی ہوگئیں۔ پھر ایک مہینہ بعد شادی کی پُر اثر تقریب میں دونوں رشتہ ازدواج میں بندھ گئے۔ چند مہینوں بعد ان دونوں نے مل کر شہر حیدر آباد کے مشہور شاپنگ سنٹر عابڈس پر ''خاموشیاں'' کیریئر کونسلنگ سنٹر قائم کیا جو بہت جلد ترقی کی راہ پر گامزن ہوگیا۔ واقعی کسی شاعر نے خوب کہا ہے کہ ع

خاموشیاں بھی اک دن لب اپنے کھولتی ہیں
گونگے ملے میں تو دیواریں بولتی ہیں

×××

احوال مصنف

نام	:	محمد انیس فاروقی
والد کا نام	:	جناب محمد اسمٰعیل فاروقی صاحب (مرحوم)
پیدائش	:	یکم جون 1953ء۔ نظام آباد
وطن	:	نظام آباد۔ تلنگانہ اسٹیٹ
مستقل سکونت	:	حیدر آباد
تعلیم	:	ہائی اسکول، ٹیکنیکل اسکول گورنمنٹ پالی ٹیکنیک نظام آباد ڈپلوما سول انجینئرنگ گورنمنٹ پالی ٹیکنیک نظام آباد۔ تلنگانہ اسٹیٹ
ملازمت	:	چیف جنرل مینجر (انجینئرنگ) موظف (سپرنٹنڈنگ انجینیر کیڈر) آندھرا پردیش انڈسٹریل انفرااسٹرکچر کارپوریشن لمٹیڈ حیدر آباد
تصانیف	:	ریزہ ریزہ چاندنی (افسانوں کا مجموعہ) 1994ء کرچی کرچی خواب (افسانوں کا مجموعہ) 1998ء سائبان (افسانوں کا مجموعہ) 2003ء گماں سے آگے (افسانوں کا مجموعہ) 2006ء شفق کے سائے (افسانوں کا مجموعہ) 2009ء تند دھڑکنوں کا بھنور (افسانوں کا مجموعہ) 2012ء بے خواب دریچے (افسانوں کا مجموعہ) 2016ء

ایوارڈز : کرچی کرچی خواب (انعام دوم) اردو اکیڈیمی آندھرا پردیش

سائبان (انعام دوم) اردو اکیڈیمی آندھرا پردیش

کہانیوں پر انعام - راشٹریہ سہارا - نئی دہلی

گماں سے آگے (انعام دوم) اردو اکیڈیمی آندھرا پردیش

شفق کے سائے (انعام دوم) اردو اکیڈیمی آندھرا پردیش

بے خواب دریچے (انعام دوم) اردو اکیڈیمی آندھرا پردیش